삶을 배워가는 이야기

봄비에
띄우는 종이배

봄비에
띄우는 종이배

펴 낸 날 2025년 01월 23일

지 은 이 월암 이민식
펴 낸 이 이기성
기획편집 서해주, 이지희
표지디자인 서해주
책임마케팅 강보현, 김성욱
펴 낸 곳 도서출판 생각나눔
출판등록 제 2018-000288호
주   소 경기도 고양시 덕양구 청초로 66, 덕은리버워크 B동 1708호, 1709호
전   화 02-325-5100
팩   스 02-325-5101
홈페이지 www.생각나눔.kr
이 메 일 bookmain@think-book.com

• 책값은 표지 뒷면에 표기되어 있습니다.
  ISBN 979-11-7048-822-4 (03810)

봄비에
띄우는 종이배

삶을 배워가는 이야기

월암 이민식 시집

생각나눔

목차

봄비에 띄우는 종이배

인연과 석양

기대와 설렘은 생각을 반복하게 하고
그 생각은 보석 다듬 듯
연마를 거듭한다
거듭된 생각은 되돌이 음표가 되어
고장 난 스피커처럼 반복되고
기분 좋은 감정 좋은 생각이 번민으로
삶의 깊이만큼 깊어진다
인연이란 관계의 종속
그 울타리 밖에 있으면
안으로 들어가려고 애쓰고
울타리 안에 있으면
밖에 나오려고 애쓰네
석양에 태양은 정열에 이쁨으로
마음 끝까지 꽉 채우고
꽃봉오리가 꽃을 피우듯이
물을 차고 날아오르는
백조의 우아한 날갯짓처럼
멋진 폼으로 자랑질하려고 하는데
해방군 시간이 구름 속으로 밀쳐 잠겨 들어가면
못다 한 말 부르지 못한 노래
답답한 마음은 타오르는

붉은 기운 화살로 바꾸어 사람 심장에
하고 싶은 말 팍팍 꽂아준다
그 외침에 아우성은
무감각에 어둠이 지우개가 되어
뛰는 심장에 소리도 시간은 모른 채 하며
한 음절 한 글자씩 남 몰래 천천히 지워간다

2024. 1. 6.

생일날 아침

이슬에 연금술사는 밤새도록
찬바람을 녹여 뼛속 끝까지
시릴 것 같은 서리꽃을 피우고
새벽은 어둠에 포장지를 풀어
아침에게 선물한다
대나무 숲을 건너 온 아침 햇살이 밝다
동짓달 긴 밤 끝에 찾아드는
아침햇살이 반갑다
생일날 아침에 쏟아지는 햇살은
꽃길을 걷다가 다가서는
꽃향기처럼 감미롭고
사람 기분을 좋게 한다
산꼭대기에 올라 일출을 마주하면
내 얼굴에 와닿는 햇살에 숨결은
첫 입맞춤의 설렘처럼 희망과 용기로
심장을 뛰게 한다
아침 햇살이 나를 살포시 안아주면
그 온기에 하루를 행복하게 살아갈
힘을 얻는다
생일날 아침에 사랑님으로부터
받는 축하 생일 꽃다발은

가슴을 뭉클하게 하고
그 느낌은 세상을 모두 다
아름다움으로 도배를 하고
기분은 하늘로 향해
큰 무지개다리를 놓는다

2024. 1. 7.

자화상

눈물이 나도록 어리석은 나의 행동에
가슴이 아파 시리도록 후회를 해 봅니다
손바닥 뒤집고 엎어 놓듯이 쉽게 바꿀 수 있다면
열 번도 더 그렇게 하겠지만
바꿀 수 없는 현실에 정신은 아득히
아지랑이 그림을 그리고
꿈속같이 흐릿한 안갯속으로 빠져들어
봄날 꽃향기 유혹에 취해 무작정 날아가는
영혼 없는 나비 날갯짓처럼
허우적거리며 비틀거릴 때
마음속 한구석에서 일어나는 소원에 기도는
구원에 갈망만큼 간절히
이 순간을 벗어나고 싶습니다
후회할 일은 다시금 겪어보고 싶은
시간이 아니기에 이다지도 끔찍한 가 봅니다.
사려 깊지 못하고 단순한 나의 생각과 그 행동이
이렇게 아픔으로 다가설 줄 몰랐습니다.
문제의 답이 아리송해 선택의 고민에 빠진 학생같이
반성과 후회의 마음이 고통을 줍니다
나 또한 상황극을 수도 없이 반복해 보고
거듭된 실수에 기가 죽은 작은

나의 영혼을 따듯하게 보듬고
용기와 희망을 주어 아무 일 없다는 듯이
갈 수 있게 나 자신을 다독이는
시간을 가져봅니다.

2024. 1. 8.

겨울비

하얀 눈꽃 대신
머리카락을 적힌 동짓달 찬비는
추워서 움츠린 어깨 위를 타고 내리고
어둠과 다투듯 토닥토닥 때리는
찬 빗방울은 헤어짐을 이야기하는
여자 친구 말처럼 움질움질 놀라게 한다
찬비의 야속한 믿음에
울다 지친 가로등 불빛은
눈물로 씻겨 붉은 불빛으로
도로를 흥건히 적시고
아직도 집까지 걸어가야 할 길은
제법 많이 남았는데
마음만 바쁠 뿐이고 걸음은 일터 가는
황소걸음처럼 더디기만 하고
우산조차 없다
아픈 마음 들추는 나쁜 기억처럼
겨울비는 나그네 걸음을 힘들게 한다

2024. 1. 9.

상 처

상처를 타고 올라가면
번개 줄 같은 길이 열리고
그 상처에 후회의 눈물이 고인다
누구의 탓도 원망도 많이 해 보지만
그 속에 해답은 없고
좌절만 깊어간다
눈물로 조각한 얼음 탑 아무리 공들여도
시간 앞에는 신기루
무엇을 가지고 무엇을 버릴까?
세월이 나이를 채워도
철없던 시절 새긴 문신처럼
보기 싫은 상처는 두고두고 마음에
흉을 남긴다
잘 살자 세월이 지난 시간에
후회의 아픔으로 울지 않게

2024. 1. 9.

삶에 재충전

울긴 싫다
울면 케이크 조각처럼 아픈 가슴
한 조각 한 조각씩 들어내야 하니까
슬픈 마음이 자꾸 내 옆구리를 찔러도
애써 무시하고 싶다
그 마음 보듬어 주면
슬픔이 눈물로 솟아나니까
비도 안 오고 눈도 안 오고
쌀쌀한 한기만 불어오는 추운 겨울날
길거리는 사람 그림자마저 드물다
혼자가 된 듯싶은 곳에 서 있으면
자꾸만 작아져 가는 내 자신감에
흐느껴 울어도 보지만
전해오는 메아리 소리 없고
삶에 온실 같은 내 방에 들어앉아
살기 위해 몸부림친다
생기가 충만했던 젊음에 열기를 찾으려
곡갱이 울러 매고 추억에 사진을 찾아
들추어 보면 비로소 빗줄기 같은 가느다란
용기의 광맥을 찾아낸다
그 무언가를 찾기 위해 무작정 달려가는

젊음에 정열에 느낌으로
삶에 재충전을 시도해 본다

2024. 1. 9.

뿐이야

마음을 드러내기 싫었다 말하기도 싫었다
크지 못한 마음을 들키는 것 같아 부끄러웠다
성숙되지 못한 작은 빈자리가 약점인 것 같아
강해 보이고 싶었다
왜냐하면 내가 너를 사랑하기 때문에
부족한 부분을 내보여 행여나
네가 내 곁을 떠날까 봐
겁이 나서 그랬다
내 마음은 너를 놓아주고
혼자서 세상을 살아갈 자신이 없어서
보호본능으로 나를 지키기 위해
절박한 마음을 내보이기 싫어
이런 실수가 나왔다
솔직하지 못한 내 마음이 나온 거야
속이려 한 것이 아니었어
너를 놓치기 싫은 마음이 더 컸던 거야
왜냐면 난 사랑을 잃기 싫었기 때문이야
솔직하지 못했던 모난 마음에
크기를 후회하고 있다
하나씩 배우고 성숙해 가는 내 마음을 위해
넉넉한 너의 마음 조금 나누어 주면 안 되겠니

내가 너에게 자신감 있게
말하지 못한 것은 용기가 없어 그랬어
너를 덜 사랑하고 못난 마음이 있어
그랬던 것은 아니야
너를 사랑하는 마음이 더 커
잘 보이고 싶은 본능이 앞선 것뿐이야

2024. 1. 13.

삶의 타이밍

고드름이 언 손을 녹이고
서릿발이 큰 이빨을 자랑해도
달력장 밑으로 세월은
아는 듯 모르는 듯 넘어가고
봄 내음이 차츰차츰 길어지는 햇살에
숨을 쉬는 시간
천지조화로 그때를 아는 뒷산 장끼는
어디 까투리 없나 같이 놀자고
목소리 높여 부르고
갈증에 물 한 바가지 마시고
한밤 자고 난 콩나물 쑥쑥 자라듯이
늦은 겨울 햇살이 공들여
봄을 싹 틔우려고 애쓰는 오후 시간
따뜻한 차 한 잔에 마음을 우려내면
삼라만상의 모양이 나타나고
점괘를 뽑듯하나 골라보니
삶에 본모습이 나타난다
본 모습은 삶에 거울이 되어
오늘 살아갈 길을 밝혀 주고
뭔지 모를 자신감이 생겨
오늘 놓는 이 작은 마음에 돌 하나가

내가 걸어갈 미래 삶에 반석이 되어
인생에 큰 밑천이 되겠지
길고 짧은 시간의 문제가 아니라
만물이 움직일 때
중요한 시간이 있어 때를 잘 맞추어야
만사가 형통하고 바라는 소원 이루어진다

2024. 1. 14.

오리 일기

샘물이 산을 넘고 들녘을 지나 한숨 돌리고
사람 사는 동네에 들러 사람 사는 이야기를 섞어
세월이 가자 하면 가고 서자 하면 서고
낭만의 풍류가객이 되어 오백 리 길 내려오니
만경창파 바다같이 너른 모래벌판에
푸른 물 가득 채우면
앞산 그림자 뒷산 그림자가 이쁜 벽화그림을 그리고
낙동강 잔물결은 기마병이 소리 높여 달려가듯
개구쟁이 어린이가 술래잡기 놀이하듯
물결은 해가 저무는 줄도 모르고 까불어 댄다
석양에 금빛 노을은 버들가지에 그네를 타고
부포 위에 홀로 앉은 오리 한 마리는
지는 해를 감상하는지
저녁 찬거리 낚시를 하는지 모르겠지만
내 보기에는 아마도 님을 기다리는 듯하네
바람이 불어도 물결이 깔깔거리며
장난을 걸어와도 모른 체하고
한 곳만 바라보더니
큰 날갯짓을 한다
웬일인지 싶어 두리번 찾아보니
먼 곳에서 돛단배 파도에 넘실거리듯

오리 한 마리 늦은 약속시간 지키려
헐레벌떡 떠내려오고
부포 위 오리는 한시름 놓고
반가워 꽥꽥 소리 지른다
아마도 그 소리 사람 말로 번역하면
사랑해 하는 소리 같네

2024. 1. 15.

오늘 바램

만산에 단풍이 때를 알리고
이슬이 제비처럼
찬 기운을 물어 나르면
때가 왔음을 눈치챈 개구리 처사
뒷산 웅덩이로 동안거 수행에 들어가고
얼음장 밑으로 우수 경칩 알리는
달력 소리 넘어가면
지난해 못 깨우친 삶에 진리 터득하고
오도송을 읊으면서
내려올 하산길이 기다려지네
어쩌다 한 번씩 세워주는
간이역 기차처럼
살아 있음을 알려주는 너의 숨소리
이제나저제나 했는데
이제사 그 소식 들었으니
며칠은 안 궁금하겠네
겨울햇살이라 말하기에
안 어울릴 만큼 따뜻한 햇살이
온기를 품어낸다ㅍ
오늘 하루도 따뜻한 햇살만큼
몸과 마음이 푸근한
하루가 되었으면 좋겠네

2024. 1. 17.

삶에 자세

청춘에 열기처럼
봄기운을 품은 겨울 햇살은
오늘도 나를 친구라 부르며 찾아와
동행할 것을 권하네
오늘도 살아 있어
너와 함께 같은 공간을 공유하면서
같은 느낌으로 살아가는
이 순간이 행복하다
무얼 가지던
못 가지던 문제가 아니라
존재의 이유가 목적이 된다
물살을 거슬러 올라가면 힘들다
대세의 물결은 인력으로 바꿀 수가 없다
세월이 밀면 밀려가고
당기면 당겨가고
가면 가는 대로
오면 오는 대로
가면 수월하다
그냥 안 쓰러지게
중심만 잘 잡고 가자

2024. 1. 17.

망설임

아침햇살은 나의 생사가 궁금한지
창밖에서 내 이름을 부르고
내 귀에는 당신 이름도 부른다
만약에 당신이 대문 밖에서
사랑해서 찾아왔다고 부르면
버선발로 뛰어나갔을 건데
사람 생각 호불호가 하늘과 땅 차별을 부른다
오늘은 무얼 위해 살까 물음에
망설임은 생각을 하고 살기 때문이겠지
늘 선택에 순간에 서면
마음 정한 곳이 대세이겠지만
버린 다른 대안도 아쉬움으로
발목 잡는다
오늘도 복불복으로 선택한 그 길을 간다
머릿속 한구석에
다른 길이 문득문득
걸음을 멈추게 하지만

2021. 1. 18.

밀고 당김

같은 것을 보고
그림을 그린다
너는 너 감정 대로 그리고
나는 내 느낌 대로 그린다
네가 나보다 잘 그렸다면
감탄에 박수를 보낼 것이고
나와 그림을 다르게 그렸다면
실망하겠지
비 오는 날 펴려던 우산 접듯이
실망해 너를 향해 다가가는
내 마음도 접을 수 있겠지
너를 탓 안 해
사랑에 숨은 그림이 너무 많아서 그랬을 거야
부족한 재능을 발굴해
다듬고 닦아 광내면
일등 상품 만들어
출사표를 던져야겠지
달라진 내 모습에 앞산도 놀라고
뒷산도 놀랄 만큼
실력으로 일어서야지

2024. 1. 19.

하루살이 I

간밤에 사랑을 잃고
서러움에 밤새도록 울고 간
어둠 새에 눈물 같은 이슬비가 왔나 보다
립스틱 바른 여인에 입술같이
세상은 온통 촉촉이 다 젖어 있고
무게 잡고 버티는 구름 낀 하늘
춥고 습한 날씨가 분위기를 기죽인다
마음은 착 가라앉고
기분은 저기압 전선이
쫙 깔려 생각은 깊어지고
몰아쉬는 한숨은
그 소리가 크고 길어진다
이대로가 해결책이 아니다
궁하면 통한다고
이 올가미에서 벗어나야지
이럴 땐 역으로 발라드 한 곡 듣고
달달한 차 한 잔으로 입가심하고
기분을 끌어올려
자체 발광 고기압으로
반전해 삶에 활력을 넣어 봄도
하루 살기 프로젝트에 좋은

방법 중에 하나일 수도 있으니
기분 좋은 척 행복한 척하며
진짜로 기분이 좋아져
오늘 하루도 잘 살 수 있겠지
기대 찬 마음으로 코인 판을 펼쳐보면
오늘도 실망이다
어제도 실망이더니
오늘은 한 술 더 하네
쉰 술은 안 먹는 것이 좋다고 하지만
하다가 그만두고 나면 확 올라가
배 아파 죽을까 봐
이러지도 저러지도 못하고
속 끓이고 있다
이래서 무자식이 상팔자란 말도
생긴 것 같고
인연이 없음이 좋은 인연이라는 말도 있는가 보다
관계와 관계는 항상 재물에 이익이 우선되고
물건에 값어치는
존재의 귀함으로 나타낸다

2024. 1. 19.

장 작

대한을 코앞에 두고 비가 왔다
하루 종일 내리더니 그것도 부족해
한나절을 더 내리더라
올해는 뭔 일이 있으려나
그래도 이름값 한다고
비 온 뒤에 한파가 온다는데
비가 오니 새벽닭도 울지 않고
날 샌 줄 모르는 어둠은 엉덩이가 무거운지
일어설 줄 모르네 찬 기운이 방을 포위하고
온기와 씨름을 한다
난로에 타고난 재 끌어내면
나무가 남긴 숯 몇 조각이 사리로 남고
물상이 한 세상 살다 간
마지막 흔적을 남긴다
어제 가고 오늘이 오고
내일은 오늘 밑에 대기표를 들고 있듯이
세월은 영생으로 이어지고
또다시 장작을 채우고
불을 댕기면 거친 불꽃에 숨소리로
장작의 일생은 시작된다
장작이 불길의 붉은 입속으로 들어갈 때마다

뼛속에 잠재된 힘은 열기로 내뿜고
그 기운이 내게 다가오면
따뜻한 온기로 스며든다
장작에 마지막 남은 몸 보시로
잠자던 손자의 굽은 새우등이
어물전 갈치 모양
미끈하게 쭉 펴진다

2024. 1. 21.

수학여행

비 온 다음 날
전깃줄은 빗방울을 매달아 놓고
산비둘기를 낚시질하고
산허리를 감싼 안개는
무엇이 그렇게도 좋은지
죽고 못 산다
세상도 젖고 땅도 젖어
할 일은 없어
오십 년도 더 된 사진첩을 펼쳐본다
아무리 봐도 희미한 것이
눈 이어 더워서 그랬는지
만남이 없어서 그랬는지
누가 누군지도 모르겠네
자세히 바라보니
생사를 아는 사람도 별로 없고
특히 학교 수학여행 가서 찍은 사진은
하나, 둘 정도 그 소식 알 지경이네

2024. 1. 21.

변심

새벽닭 우는 아침이면
어제 날의 고단함은 사라지고 기운이 재충전 된다
무슨 일이든 하고픈 생각이 든다
뛰는 심장이 의욕을 자극하고 의욕은 희망에 불을 댕긴다
한 방울 두 방울 비가 오더니 날이 새자 대놓고 비가 온다
쌀쌀한 날씨에 작은 바람마저 분위기 잡고
사람들을 방 안에 잡아맨다
갈 곳 없는 외로움은 심심하다고 같이 놀자 그라고
마땅히 할 일 없어 커피로 헛배만 채운다
그래도 심심해 시간과 씨름하다
어둠과 함께 집으로 돌아오면
도전에 모험은 길 떠났다 돌아오는
돈키호테 발걸음이 되고
용기 대신 심사숙고로 돌아선다
아침에는 새로운 일하고 싶다가
해가 지면 새로 시작할 일에 의미를 안 두고
현재의 자리에 머물기를 원한다
이것은 인생에 고물이 차 가는 소리
노인이 되어가는 삶에 증거이니
이 마음을 탓하지 마라

2024. 1. 24.

믿음에 흔들림

인연에 벽을 느낀다
관심 없는 눈빛
아리송한 그 미소에 의미를 몰라
사랑하는 마음이 바보라서
돌다리도 두드려 보고 건넌다
둘이 가다 혼자 돌아올 길이
너무 힘들다는 것 알기에
그 사람 마음 한 번 더 물어보는 거란다
그 사람 마음을 물어보면
맞는다고 말하지만
하는 행동은 아리송한 그 느낌은
마음에 뜰이 작은 나의 착각일까?
조바심이 난다
사랑을 잃을까?
그리움이 쌓일까 봐?
콩이 볶이듯이 마음은 불안 반 초 조 반으로
우왕좌왕거리는 통에 앞에 세상은 보이지 않고
마음에 세상만 보인다
사랑에 흔들림은 지진 난 것처럼 삶이 흔들리는 생존에
중대한 일만큼 큰일이니까

2024. 1. 25.

삶 그것 별것 아닌데

겨울 해 살이 산보 가는 시간
햇살의 꼬드김에 손녀 마음 들떠 놀러 가자고
할배 할매 엄마 아빠 마음 꼬드기고
그 예쁜 웃음 마약에 손잡고 나들이 나선다
풍경 좋은 유원지에 들어서면
귀에 익은 음악소리가 흥을 돋우고
맛을 자극하는 라면의 짭조름 냄새가
코끝을 자극해
기본적인 욕구가 생각났는지
먹고 가자고 조르고 따듯한 국물에 긴 라면발이
입속으로 감겨 들어가니 행복도 같이 말려 들어간다
산해진미가 별것 있나 입 즐겁고 맛있고 행복하면 그만이지
겨울 끝자락에 선 태양은 따듯함을 유혹해
마른 잔디밭에 아지랑이로 불태우고
삼삼오오 짝지어 햇살 속으로 걸어가는 사람들
시간을 소풍 나와 다정히 고소한 행복을 까먹는
이 순간들이 즐거워 보인다
삶에 의미는 무엇일까?
참새가 세월을 까먹는 이야기도 아니고
놀부가 욕심보 채우는 이야기도 아닌데
삶은 늘 어렵게 다가선다

2024. 1. 27.

어설픈 내 사랑

거미줄 뽑아내듯 아침 햇살은
오늘도 끊어지지 않는 시간을 뽑아내고
삶이 징집을 해
노동으로 하루해를 채웠다
허기진 배 물배 채우듯
얼마나 허덕거렸으면
어둠이 쌓이는 양만큼 피로도 쌓여
팔다리가 고물 포크레인 삐걱거리는 소리 나듯
팔다리 관절이 어머니 아버지를 부른다
이 일을 어쩌면 좋노
일할 때는 일 할 욕심에
정신이 팔려 몸 고된 것 힘든 것 세상사 잊어지는데
지는 해 어깨동무해
집으로 돌아와 저녁으로 배 채우고
씻고 들어와 누우니 너 생각이 난다
전화라도 한 번 해 줬으면
안 서운할 것인데
만나서 밥 한 끼 차 한잔하자고 하면
얼마나 좋을꼬
바쁘다는 핑계로 시간이 없다는 핑계로
미루기만 하는 사람

자꾸 삽질하다 보면 삽이 닳아 못 쓰듯
매일 밤 이렇게 짝사랑하는 마음
끄집어 내어 보면 올해가 가기 전에
그 마음 다 닳아 없어지리라
너는 지금쯤 드라마 속에서
주인공이랑 한편이 되어 얼씨구나 절씨구나
허수아비 춤을 출 텐데
난 고집 센 사랑에 붙잡혀
미련으로 고문 당하는데
모르는 척 못 본 척하는
그대는 미운 사람
그래서 짝사랑은 가질 것이 못 되는
나쁜 물건이야

2024. 1. 29.

불면증

하루 일을 마치고
노동으로 지친 고단한 몸
잠자리에 누우면 매듭실 풀리듯
술술 잠 속으로 빠져들고
죽을 만큼 깊은 잠
한숨 자고 나면
물에 씻은 수정 모양
눈동자는 말똥말똥
잠은 천리만리 달아나고
그때부터 불면은 그을린 그릇 닦듯
열심히 어둠을 닦아댄다
어둠을 자갈같이 수많은 생각이
불면에 벽을 부딪쳐 보지만
불면에 벽은 실금도 안 간다
수많은 생각으로 끝없이 문질러 대면
봄날 얼음 녹듯 그 두께 얇아져
종잇장처럼 얇은 어슴새벽이 오고
문종이 찢어지듯 아침햇살이 동쪽 산을 넘는다
낮에는 일하자니 힘들고
놀자니 심심하고 밤에는 잠이 안 와
시간이 지겹고 그 지겨운 시간

삶에 유익한 생산적인 일해 보자 싶어도
그 일해 보면 아픈 통증이 육신을 고문해 와
이러지도 저러지도 못하는
나이 들어 하루살이는
고도의 힘 조절이 필요한 시간들이구나

2024. 1. 30.

오래 살고 볼 일이다

구름 속에 갇힌 달님이
얼굴을 내밀듯이
어슴새벽에 동쪽 산꼭대기
해가 솟아오르듯
너 마음속으로 들어가면
내 얼굴 낯빛이 펴진다
이 길이 그 길인가?
저 길이 그 길인가?
헷갈리다 가는 길이 옳은 길이다 싶을 때
다가서는 가슴 뿌듯한 자긍심이 생긴다
물욕의 달콤한 유혹에 정신 줄을 놓을 만큼
아찔한 흔들림도 있었지만
그래도 대의명분을 지킨 나의 양심은 삶을 오랫동안
살아 터득한 내공의 인생 이야기가 있어
모든 경우에 수 중에
가장 최고의 수를 택하게 되었다
어떤 삶이든 헛된 삶은 없다
빨리 가고 늦게 가는 길은 있어도
그 길 끝은 하나로 이어진다
그래서 오래 살고 볼 일이다

2024. 2. 2.

풀 씨

봄기운은 무심한 사내
마음을 엎었다 뒤집었다
변덕을 팥죽 끓이듯 한다
봄은 새로운 시작에 희망이 있어 좋다
꽃봉오리가 올라오다
멈칫멈칫 찬바람에 눈치를 본다
깨진 기왓장 사이로 봄비가 스며들면
남들이 떠나가니 까닭도 목적도 모르고
지난가을 날 무작정 낙엽을 타고
틈 사이를 비집고 들어와
자리 잡은 풀씨 하나 고난에 생
삶의 윤회 바퀴 생명을 틔우고 비바람 햇살을 기다린다
시간이 바가지에 샘물 받듯 가득 채워져 절호에 때를 만들고
햇살이 불러주는 받아쓰기 시험에
바람이 은근슬쩍 알려주는 귀동냥 컨닝을 하고
꽃가루 그물 확 풀어 기회를 잡아 올린다
꽃봉오리가 신방을 끝낼 쯤이면
나무는 느긋하게 잎새를 하나둘 뽑아 들고
양반네 장죽 물고 산보 가듯
봄기운의 다음 패를 알고나 있듯이
천천히 한 걸음씩 세월을 접어 나아가네

2024.2.2.

봄기운

날씨는 흐리지만 포근한 것이
봄이 가까이 왔다는
증표를 내민다
그 증거 또 여기 하나 더 있다
뭔가 하고 싶어
나무를 열심히 심는다
정안수 떠 놓고 빌던
엄마 마음만큼 간절한 것은 아니지만
정성을 다한다
꿈과 희망을 심으니
심는 재미에 허리, 팔, 다리 아프지만
희망에 용기가 더 크다
봄날 내 땅에 분홍 빛깔에
춘정을 줄줄 흘리는 진달래가 피어
벌, 나비를 꼬셔 먹는
고소한 이야기도 좋고
꽃바람에 치맛자락을 펄럭이며
처녀 총각 잠 못 이루는 밤을
만들어도 좋아
진달래꽃 봉오리가 부풀어 가고
내 님이 날 보고 웃는 미소에

내 심장은 오두방정을 떨고
그 소리에 놀란 땅속 개구리
큰 눈을 번쩍 뜬다
봄기운이 만물을 어르고 달래며
세상사랑 듬뿍듬뿍 나누어 줄 때
나도 내 몫 잘 챙겨 내 님에게
선물해야겠다

2024. 2. 2.

나무 심기

흘러가는 시간은 비행기보다 더 빠르다
이월에 내리는 봄비가
땅속으로 스며들어
초목에 안부를 묻고
잠에서 깨어날 준비를 하라 말하네
내일모레가 설이다
노인이 되고 보니
어릴 적 추억이 밥때처럼 수시로 찾아든다
그 시절 그리워 대목장 구경 가고
동네 한 바퀴 돌아보지만
그 시절 풍경은
엄마 아버지 이웃 아지매 따라 저승 가고 없는지
명절이 손자 생일보다 못하다
젊은 시절 일하던 솜씨는 남아
올봄에도 내 땅에 나무를 심는다
조금 일하고 나면 팔다리가 따로 놀지만
아직도 욕심이 재주를 넘는 걸 보니
살고 싶은 마음이 더 강한가 보다
오늘도 밤송이 벌어지듯
벌어진 욕심보 채우러
전답에 나무 심으러 간다

내가 심어 놓은 나무
나 죽고 난 후에도
누군가 달콤한 입맛을 다시겠지
내 어릴 적에
홍시 주워 먹던 기억처럼

2024. 2. 3.

봄비와 우울증

입춘 지난 봄비가 땅속을 찾아
대문 똑똑 두드리며
꿈속에 잠들어 있는 풀씨를 깨우고
새벽 장닭 소리는 아침잠을 깨우네
방 안에서 나 홀로
조용히 커피 한 잔을 두고 대화를 한다
나는 생각으로 말하고
커피는 솔솔 피어오르는 부드러운 김으로 말한다
나는 대화의 기쁨을 미소로 답하고
커피는 향기로 답한다
겨우내 움츠려 있던 마음에 벽도
봄비에 허물어지고
땅굴 속 오소리 봄 햇살에 불려 나오듯
의욕에 욕심이 고목나무에 새싹 나오듯
희망이 나와
노인의 몸에도 생기가 돌고
봄날이 가져다줄 아름다운 꽃과
벌 나비가 꽃향기 유혹에
사랑에 꿀물이 줄줄 흐르는
아지랑이 가물거리는 거리를 그려 본다
봄날 생각에 삶에 의미를 찾는다

봄비 내리는 날은
우울한 기분에 홀로 선 느낌이라
옷이라도 따뜻하게 입어
땀이라도 나면 몸에 훈기라도 돌아
나를 나답게 지탱해 준다

2024. 2. 5.

무관심

너를 만나 내 뜻을 전하고
너에게 동의를 구한다
너는 망설임 없이 거절하네
내 뜻이 거절된 이 사항
난 어떤 반응을 보여야 할까?
한 번 두 번 너의 벽에 부딪혀 보면
나도 내 방어를 위해 벽돌을 하나둘 쌓아간다
욕심은 작은 소리로 자꾸 속삭인다
더 넓은 세상을 보고 다른 좋은 방법이 있다고
충동질하며 물욕을 욕심내게 하네
너를 만나고 돌아서 오는 길
오락가락하는 너의 발걸음
내 편은 오른발일까?
왼발일까?
믿음은 담장 헐리듯 무너지고
너라는 사람 감정이 없고
이제는 소 닭 쳐다보듯
강 건너 불구경하듯
남의 일이 되어
심장이 뛰는 소리를 들을 수가 없구나

2024. 2. 5.

한탄가

이제는 욕심을 버릴란다
숨이 차 더 이상 오르막을 못 올라
목숨이 버려진다 해도
더 도망 못 갈 만큼 용을 쓰고
악바리를 부려도
넘을 수 없는 한계의 벽이
존재함을 느낀다
가을 서리 한 방에 말없이 낙엽 지듯
나이의 무게에 어쩔 수 없이
무너지고만 세월

청춘에 곶감 다 먹은 줄도 모르고
빼어 먹다 어이없이 가버린 좋은 시절들
장강 뒷 물결이 앞 물결을 밀어내듯
밀고 들어오는 세월에 떠밀려
한 구석으로 몰려
이 시대에 나란 존재 값어치가
금덩이에서 고물상 고철만큼 헐값이 되어
존재감이 자꾸만 작아져 가
기억 속에만 남겨진 화려했던
청춘을 목놓아 불러보지만
한평생 살고 난 삶은 시간에 속고 산

억울함만 남았네그려
추억 속에 있는 전성기 시대를
세월을 부여잡고 물어봐도
간 곳을 몰라라 하고
통곡하다 애걸복걸하고 매달려보지만
먹이 발견한 맹수모양 세월은 내가
가진 것들 중에 마음에 든다고
하나씩 하나씩 빼앗아 가더니
마지막 전부를 다 내어놓으라고
윽박을 지른다

누에 뽕잎 갉아먹듯
고통이 내 육신을 갉아먹어도
아무도 도와줄 이 없고
도와줄 방법이 없다 하네
참는 것밖에 세월이 원하는 것밖에
방법이 없는 현실을
고통과 번민으로 몸부림쳐도
해결책이 없다 하네
그저 낙엽이 썩어 다음 세대에
거름이 되는 미덕을 닮으라 하네
한 시대를 바치고 온 기둥 같은 삶을

진짜 인생이 무엇인지
가르쳐 주지도 않고
진실을 내 스스로 진짜와 가짜를
깨닫지 못한 나의 잘못이라 말하네
꿀의 단맛에 홀려 꿀 속에 빠져 죽은
나비 이야기처럼
욕심에 취해 비몽사몽 간에 산 인생역사를
옛날이야기 속에
한 토막으로 남으라고
세월이 판결문을 내린다

2024. 2. 6.

봄비 오는 아침

오늘도 빗방울은 내 마음에
고독을 헤아리는 듯
하나둘 잊을 만하면 떨어진다
산비둘기도 참새도 깃털 젖을까
둥지에서 안 날아오르고
아침을 굶고 있다
언제나 혼자 다니는 왜가리 한 마리
냇가에 서 우두커니 비를 맞고 서 있다
아침 찬거리를 찾아 나왔는지
오지 않을 짝지를 미련 하나로 버티고 서 있는지
아리송하고 불쌍해 보인다
기다림은 늘 외로움이 붙어 다닌다
어쩌다 한번 서는 간이역에서
우짜다 한번 만난 우연을 필연인 양
기대하는 어설픈 약속모양
일상이 허무하게 느껴지는 봄비 오는 날
이런 날이면 무작정 길 따라
가기 싫을 만큼 멀리 달려가면
마음속 심 저에 가라앉은 기분 좋은
기운이 올라오려나
부질없는 희망사항에 따뜻하고

쓴 진한 커피 한 잔으로
몽상 상태에서 벗어나
일상으로 돌아오는 아침이네

2024. 2. 6.

삶에 고찰

노동으로 지친 몸 저녁 한술 먹고 나니

사는지 죽는지도 모를 만큼

한숨 자고 나니

맑은 강물에 모래 쓸려 가듯

어둠도 어느 정도 씻겨져 가고

노동에 무리가 갔는지

노쇠한 몸이 고장 신호를 보내는지

통증이 안부를 묻는다

꿈속에서 어릴 적 친구를 만나

뛰어놀던 모습도 보이고

작년에 문병 갔던 지인 얼굴도 보인다

칠십 고개 갓 넘긴 지인이 인간이 숙명으로 겪어야 할

생, 노, 병, 사 중에 병을 만나 아직도 도깨비 씨름 중이라

꿈속에서 이야기를 한다

마음만 있을 뿐 아픈 모습이 나에 일 같아

그냥 모른 체했다

어젯밤 꿈속에 그 사람이 꿈에 보이는 걸 보니

내가 보고 싶은가 보다

오늘은 열일 제쳐 놓고 얼굴 한 번 보고 와야겠다

꿈속에서 아픈 사람 보고 나니 이 생각 저 생각에

잠은 안 오고 지금 나는 어디쯤 왔으며

가야 할 길은 얼마나 남았나 생각하다
바로 코앞이 길 없는 낭떠러지라면
어쩔까 싶은 생각에 미치자
정신은 혼미하고 심장이 벌렁거리고
눈앞이 노랗게 변하는구나
허둥지둥 믿을 놈 찾아보지만
아무것도 믿을 것이 없는 빈 껍데기
인생 무엇이 귀중한지도 모르고
인생을 다 살아가는 날이 와도
욕심이 만능 패인 줄 알고
몸 마음 다 바쳐 일편단심
충성을 다했는데 그것은 가짜였네
그 무엇이 중한지도 모르고
깨닫지 못한 삶 헛일만 죽도록 하다가
왜 죽는지도 모르고 결국에는 죽는 삶인데
왜 적당히를 모르고 살았던가
알고 보면 세상일은 수만 가지
변화의 조화 속에 있는데
한 곳에 집착했는지 알 수 없고
물욕이라는 욕심에 늘 후한 점수를 준다
아직은 괜찮다고 믿고 싶고 말하고 싶다

하지만 옆에 사람들 보면
장대 끝자락이 가까이 왔음이 틀림없다
몸이 간간이 신호를 보내와도 애써 모른 체할 뿐이다
어느 순간에 씨름판에 넘어가는 선수모양
아차 하는 순간에 이제는 내 차례라는 걸
눈치채고 때 늦은 후회를 하겠지
따뜻한 봄날에 냇가에 물 좋고 경치 좋다고
천년만년 살겠다고
밤낮 모르고 개미집 짓는
개미와 내가 무엇이 다를까?
개미는 장마철 홍수에 집 떠내려가는 줄 모르고
나는 애써 죽는다는 사실을
알지만 옆에 사는 이웃이 죽어가도
마음은 아프지만 남의 일로 생각하고
그 속에 나만 쏙 빼고 살 뿐이다

2021. 2. 7.

봄날의 개꿈

봄기운은 마을을 한 바퀴 돌아
내 문 앞에 서있고
강 안개는 강길 따라 거닐다
산허리를 얼싸안고 서있네
새벽 장닭은 게으른 농부를 깨우고
아직도 어둠은 비단 이불을 깔아 놓은 양
부드럽기만 한데
이슬은 촉촉이 내려 나뭇가지에
입맞춤하며 봄이 왔다고 귓속말로 속삭이고
땅속 개구리는 나무뿌리를 부여잡고
봄이 어디쯤 왔는지를 묻고
나는 달력에 절기를 찾아보고
봄기운이 어디쯤 왔는지 짐작하네
산비둘기 까치는 노랫소리로 사랑을 알고
그 사랑에 응답은 눈빛으로 말하네
햇살이 아지랑이와 데이트를 하는 그 길 따라
나도 가면 그 길 끝에 내 님이 날 기다리고 있으려나
청춘이 물오르는
기대 찬 상상이 즐거운 아침이네

2024. 2. 8.

인생의 시작은

가까이하면 보고픔이 생기고
멀리하면 그리움이 생긴다
보고픔도 늘 함께하면
일상으로 평범해지고
그리움이 오랫동안 지속되면
이별 속에 묻혀 잊혀진다
사랑이 오래 묵어가면
좋은 감정으로 숙성되어 가고
좋은 감정이 오래 묵으면 행복이 된다
그리움이 오래 묵어가면
마음에 상처가 되어 미움이 된다
자주 웃는 웃음에 씨앗은
행복이 열리고
찡그린 얼굴은 마음이 쪼그라들어
우울증이 된다
삶은 우리에게 모든 선택권을 준다
우리가 무엇을 선택하느냐에 따라서
인생 이야기가 시작된다
무엇을 가지고 무엇을 버릴까
인생의 시작은 자기 마음에서
출발한다

2024. 2. 8.

균형된 삶

어둠은 소금이 물에 녹듯
시간 속에 녹아 사그라지고
어슴새벽 사이로 아침은 비집고 들어와
자리를 잡는다
오늘도 햇살을 바늘귀에 꿰어 내 삶을
한 뜸 한 뜸 꿰매어 가야 한다
무슨 일을 해 볼까?
오일장 장사꾼 팔 물건
늘어놓듯이 오늘 할 일을 쭉 늘어본다
생업을 위해 일도 해야겠고
인생 낭만도 좀 즐겨야 하겠고
부지런한 살림꾼은 일하자 그리고
게으른 환량군은 놀자고 꼬셔대는데
어느 장단에 춤을 출까
시간은 밤과 낮으로 편을 가르고
짐승은 암수로 구분되듯
모든 사물에는 음과 양의 이치가 숨어 있어
서로서로 줄 하나를 놓고 줄 당기기를 한다
미혹한 소인에 삶은 한쪽으로 편향된 삶을 살고
깨달은 대인에 삶은
똑같은 힘의 균형으로 평등한 삶을 산다

2024. 2. 8.

삶은 유비무환

봄이 온 줄 알았는데
굴뚝은 하얀 입김을 내뿜고
밤새 내린 안개비는 추위에 붙잡혀
나뭇가지에 상고대를 만들어 놓고
의기양양하다
물길을 머금은 땅에는
호랑이 이빨만큼 큰 서릿발이
추위를 토하고 있다
내일 모래가 우수인데
날씨가 예고도 없어 이러면 우짜노
어제는 더워서 하우스 고추 모종이 시들어서
이불을 벗겨 뒀는데
이게 웬일 더운물에 데쳐놓은 듯
다 고꾸라져 있다
보험 삼아 전등불 켜 놓은 곳은 멀쩡하다
모든 사물에는 인계점이 있어
그 선 넘어서면 급변하는구나
봄이 오는 몸살 앓이에
맥없이 떨어져 나간 생명 기가 차지만
든든한 대책 없는 믿음에 허점은
이렇게 커다란 빵구를 내는구나

세상에 완벽은 없지만
완벽에 가까운 대책은
필요한 듯싶네

2024. 2. 9.

설 명절 1

석공이 돌을 다듬어 탑을 만들고
화가는 그림을 그려
마음에 아름다움을 표현한다
세월은 절기를 만들어
시간에 매듭을 만들고
인간은 설 명절을 만들어
나이를 헤아려 간다
내일이 설이라고 대가족이 모여
서로에 마음을 내보인다
고기 굽는 고소한 향기는 술을 부르고
술은 이야기를 부른다
마시고 권하다 보면
고구마 줄기에서 뿌리 찾아가듯
잊고 지내던 부모의 원줄기를 찾아
공통분모를 확인하고
먹고 산다고 각자 일이 바빠서
소원했던 형제애를 나누어 본다
나이 먹어 온갖 이야기 다 동원해 봐도
부모 밑에 있을 때처럼
그 정이 돈독해지지 않는 것은
그사이에 서로 다른 세월에 벽이

너무 두꺼워졌나 보다
세월이 흐른 것만큼
죽고 못 사는 정도 희미해져 가고
들판에 곡식들처럼 하나이기도 하고
따로 이기도 한 그런 울타리 관계로
모두 다 삶을 그렇게
하루 한 페이지씩 그려 가나 보다

2024. 2. 9.

용서와 사과

사람이 태어나 살아가면서
배울 것이 많다
자동차는 브레이크로 속도를 조절하듯
사람은 교육을 통해 경험을 바탕으로
인간의 도리를 배워
사람이면 가야 할 길이 있고
가지 말아야 할 길이 있다
올바른 행동은 사람이면
가져야 할 양심에 마음이다
이 세상 삶은 인간과 신을 가르는
마지막 시험장
그 벌과 상은 윤회와 해탈로 나눈다
크게 베인 상처에 흉터가 남듯
마음에 말로 베인 상처도
응어리가 되어 남는다
세월이 약이라 해도 베인 상처에
흉터라는 뚜렷한 상처가 남듯
말로 베인 상처도 용서와 화해라는 약도 있지만
그 응어리는 마음 한구석에
웅크리고 앉아 있어 늘상 아픔이 되어
그 마음이 환영처럼 문득문득 되살아난다

겉으로 화해했다 용서했다 해도
진정한 사과와 반성이 없으면
세월이 흘러가도 응어리진 마음에 상처는
삭지 않고 남아있다
그냥 모른 체하고 덮어두고 있을 뿐이다

2024. 2. 10.

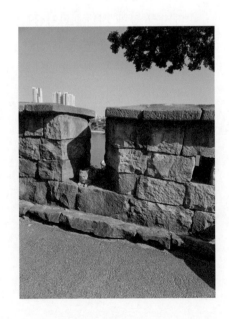

설 명절 2

동네 앞길까지 가득 메우던
자동차들도 가뭄에 옥수수 알 배기듯
드문드문 서 있고 집집마다 밝은 백열등불이
밤새도록 보초를 서던 밤도
추억 속에 이야기가 되고
대청마루같이 넓은 제사상에
온갖 과일이며 음식을 차려 놓으니
아침 햇살이 제사상 옆자리에 자리 잡고
제사 지낼 사람을 기다린다
향불에 빨간 불꽃은 연기를 그리며
새해 소망을 싣고 하늘로 올라서고
제사상 앞에 하나, 둘 사람들이 모여든다
작년, 재작년에 옆에 서 있던
사촌형제 조카 모습 하나, 둘 사라지고
빈자리가 허전하네
코로나 여파로 명절 문화가 확 바뀌어
그 많았던 식솔 어디 가고
가뭄에 콩 나듯 몇몇이 모여 제사상을 지켜내는구나
한 세대가 끝나기 전에
멸종을 맛보는 상전벽해 같은
변화의 물결을 느낀다

2024. 2. 10.

꿈과 현실

하루해를 아이들 막대사탕 먹듯
순식간에 보내고
어둠에 녹는 줄도 모르고 녹아
꿈속에 젖어든다
꿈속에 왕자가 되어 이리저리 우주를 여행하다
과거로 시간여행을 갔다가 우연히 너를 만나 놀다가
깜짝 놀라 깨어나니 꿈이더라
비 온 후 버섯 올라오듯너에 대한 수많은 생각들이
피었다 지고 그 망상은그리움이었고 보고픔이었는데
잠 깨어 일어나 현실로 돌아오니
그것은 돌아갈 수 없는 길
인연이 끊어진 길인데 그저 헛웃음이 나네
꿈은 이렇게 실없는 이야기를 지어내어 생각지도 않는
가상의 세계를 뜬금없이 보여주나 보다
인간은 이렇게 부질없는 일
아무 소용이 없는 일에
미련하나 때문에 한때나마 씁쓰레한 가슴앓이를 한다
혹시 이 꿈에 숨은 뜻은
사람들이 진짜라고 믿고 살아가는 현실에
이 길이 꿈이랑 똑같은 길이라고
말하는 것이 아닐까?

2024. 2. 11.

늙음

설이다
이날을 기준으로 나이 하나를
누구나 공평하게 선물을 받는다
이날을 기념해 일가친척이 다 모여
서로에 안부를 묻고
조상 음덕에 감사에 차례상을 올린다
집안에 제일 큰형님이 곧 백 세에 꿈을 이루는
나이에 접어들고
둘째 형님은 구순 결승점을 한 발 앞둔 나이다
장수하시는 두 형님을 바라보니 오래 살아서 무척 기쁘다
마음 한편에 우리하게 아려오는 아픔이 있다
얼굴과 몸에 봄꽃이 만개하듯 저승꽃이 피어있고
살 빠진 얼굴에는 동굴같이 움푹 들어간 눈
산골짜기만큼 깊은 주름살
쉴 사이 없이 움직이는 입맛 다심에
신호등 점멸등같이 쉼 없이 움직이는 근육이
늙음을 서글프게 한다
고목은 오래되어도 나이에 품격이 더 들어
아름다운 이쁨에 감탄사가 있는데
사람은 나이를 먹으면 손끝에서 발끝까지 찾아봐도
이쁘고 아름다운 구석은 하나도 없다

누구나 오래 살기를 원하지만 오래 살면
좋은 점만 있는 것도 아니구나
이렇게 귀찮은 선물도 거북이 등짝 둘러메고
한평생을 살 듯 인생 고통도 함께하는구나
나이 들어가는 나의 미래를 보는 것 같아
집착하는 삶이 서글퍼진다

2024. 2. 11.

보 물

새해가 바뀌었다고
손자가 인사를 왔다
올해 초등학교 입학을 한다
눈치가 뻔한 것이
제법 눈치도 볼 줄 안다
인간적인 대화도 가능하고
할아버지가 등산 가려고 하니
자기도 따라나선다
얼마나 기특하고 대견한지
하루 종일 따라다니며
참새 모양 재잘대고
강아지처럼 잘도 뛰어논다
할배 기분을
얼마나 잘 맞추어주는지
이뻐죽겠네
일 년 사이에
이렇게 훌쩍 자라는 걸 보니
뿌듯하다
나는 늙어가 슬프지만
손자가 새싹 자라듯
무럭무럭 잘 자라나니

기분이 좋다

세상에 어느 구경보다

손자들이 장난치고 웃으면서 놀며

행복해하는 모습보다 즐거움을 주는 구경 없다

식물은 종자를 남겨 생의 의무를 다하듯

나의 후세가 그 후세로 이어지는 삶의 릴레이

바통 터치에 이 행복 값어치는 세상

그 어느 것과도 바꿀 수 없는 보물이다

2024. 2. 12.

겨울이 가는 소리

따뜻한 봄날 햇살은 모래알을
싹 틔울 듯이 열심히 굽어대고
아침밥을 든든히 먹은 참새는
나뭇가지에 둘러앉아
즐거운 이야기 소리로 조잘거리며
세월을 까먹는다
봄날 하루해를 보내기가 심심했는지
까마귀는 어디 훼방 놓을 곳
노략질할 곳 없나 하고
시비거리를 찾아 하늘을 까악거리며 맴돌고
건축허가 신고도 안 하고 무대포로
전봇대 위에 까치 신혼부부는 나뭇가지를 물어다
집짓기에 신이나 밤낮을 모른다
봄 햇살의 부름에 공출 나온
이름 모를 작은 봄맞이꽃도
봄 구색 맞춘다고 꽃망울을 피우고
날씨 눈치를 본다
주변 분위기 눈총이 따가워
가만히 있으면 안 될 것 같아
일복을 주섬주섬 챙겨 입고 들길을 나서면
땡땡히 물오른 땅버들가지가

반갑다고 손 흔들어 주고
흐르는 냇물 호각 소리에
피라미 꼬마 녀석들 장난치며 뛰어노는 발걸음에 채여
모래알이 굴러떨어지고
모래알 구르는 소리에 얇아진 얼음장이 깨지면
늦겨울 창도 금이 가 깨지는구나

2024. 2. 13.

봄날의 오후

나른한 햇살이 농우소 여물 치듯
느긋하게 게으름을 피우는 봄날
벗이랑 점심 식사 후 커피 향에 흘려
단골 커피집에 찾아들면
청춘 시절에 듣던 음악이 분위기를 바꾸어
몸과 마음이 그 시절로 돌아가
노래를 따라 나이를 잊고 흥얼거리고
참 좋았던 시절이라며
입맛에 맞는 커피를 목 넘김을 한다
음악 소리는 세월에 벽을 녹이고
그때 좋았던 기억이
세월이 한참 흐른 지금도 좋다
산 넘어 남풍이 불어와
장 닭 꼬리를 흔들면
암탉 벼슬에 핏기가 돌아
저녁노을처럼 붉게 짙어져 간다
봄이란 계절은 아무 곳에서
아무 때나 내 님 팔짱만 끼고 있어도
청춘에 물이 올라
행복해질 것 같네

2024. 2. 13.

봄비 오는 날

겨울을 녹이는 봄비가 온다
비 오기 전에 해야 할 일이 있는데
내 마음만 급할 뿐
봄비는 느긋하게 물뿌리개 물 주듯 골고루 잘 내린다
차 유리창을 때린 거친 빗방울은
잽싸게 땅거죽 속으로 파고들고
물기 머금은 흙이 씨앗 겉껍질을 벗겨내면
새싹은 세상을 향해 출사표를 던진다
삶의 경쟁은 날 때부터 시작해 일생이 끝날 때까지
공생과 경쟁으로 살아간다
봄비 맞은 잎 없는 매화 나뭇가지에
쌀알을 붙여 놓은 듯
매화꽃 봉우리가 봄을 품고 서있고
먼 고향 갈 생각에 기러기는 날개 힘을 올린다고
빈 하늘에 줄지어 운동 중이고
세상이 동쪽을 가든 서쪽으로 가든
세상일에 관심 없는 왜가리는
냇가에서 도인인 양 명상을 하고 있는지
졸고 있는지 나는 모르겠네
하지만 오래전부터 조각상인지도 모를 만큼
미동도 없는 걸 보니 명상 중인가 보다

2024. 2. 14.

열심히 일해 보세

어둠은 아는 둥 모르는 둥
햇살을 갉아먹어 밤을 만들고
아침햇살은 물밀고 오듯
시간을 두고 번져와 어느 사이에
천지개벽을 이룬다
보이지 않는 시간의 수싸움에
매일 이렇게 편을 갈라 오고 가건만
이렇게 흐르는 시간은
우리네 삶에 많은 영향을 주지만
직접 고통을 안 준다고
신경도 안 쓰고 넘어간다
날이 가고 달이 가면서
우리가 필요한 것들을 하나씩 장만해
삶을 공사해 나가는데
유용한 도구로 활용한다
학력도 세월에 쌓이고
기술도 시간 위에 쌓이고
부귀라는 인생 접착제도 붙인다
욕심이 하늘을 오르면 중력에 법칙에 따라
하나씩 떨어지고
태어날 때는 햇살처럼 밀고와

터 잡고 살아왔던 자리를
나도 몰래 빼앗기고
나무 베어나가고 그루터기 흔적만 남기듯
어둠에 보쌈당해 나도 모르는 곳으로
세월은 데리고 간다
행여 그곳에서 필요할까 봐
살아 있을 때 하나라도 더 배우고 익혀
경험이라는 보물을 만들어 두면
용의 여의주처럼 쓸 곳이 있을는지
누가 아나 오늘도 시련과 도전이 두려워 말고
즐거운 마음으로 열심히 일해 보세

2024. 2. 14.

사랑은 바보

계절이 바뀌어 봄바람이 산을 넘어 불어와
올해도 뭔가 하나 손에 집어준다
무엇인가 싶어 펴보면
꽃향기 벌 사랑 이야기다
세상을 살 만큼 살고 난 지금에사
나는 사랑을 믿지 않는다
첫사랑은 가슴이 아프게 저려올 만큼
그리움이고 보고픔이었는데
두 번째 세 번째 사랑은
진국은 다 빠지고
단맛 고소한 맛 다 우러난 후에라
농도가 희멀건 진정성이 없는 가짜다
그 가짜에 속아 나다 보면
도깨비에 홀린 듯이 정신없이 가다
문득 돌아보면 알맹이 빠진
헛사랑 그림자 따라
멋도 모르고 흘러간 것을
세월이 어느 정도 흐른 후에야
가짜를 말해 준다
혼자 사랑의 가슴앓이에
심장은 피멍이 들고

알고 보면 나를 이용하기 위한 꼬드김이라는 걸
수없이 속고 피가 나도록 아픈 후에도
미련이 아직도 고개를 드는 걸 보니
얼마나 뜨거운 불에 데야 꿈에서도
만나면 도망갈까?
인간은 똑똑하면서도 마음을 내준 사랑 앞에는
바보가 되어 이게 행복인 줄 착각하고 산다

2024. 2. 15.

날씨 안 좋은 봄날

안개비는 앞이 안 보일 만큼
진하게 내리고
짙어진 안개 그림자에 봄은 숨어들어
매화꽃 봉오리에 둥지를 틀고
새벽닭 소리 들으며
아침을 맞이한다
아침부터 하늘은 구름을 한 아름 안고
나누어 줄 곳을 찾아 산을 넘고
제철 만난 봄바람이
천지를 들쑤시며 유혹하면
땅에 엎드려 잠자던 낙엽마저
일어나 할 일이 있다고
거리를 달린다
바람 불고 흐린 봄날은
바다에 고깃배 바람에 출렁거리듯
마음도 갈등으로 일렁이고
전깃줄에 앉아 있는 비둘기가
내 마음이구나

2024. 2. 15.

노인이 되고 보니

노동이 주는 고단함을 느끼는 나이
한숨 자고 나니 욕심은 그만 부리고
적당히란 말이 절로 나온다
낮에 일할 때도 오후 때가 되면
이만큼 일하면 밥벌이는 했다 싶어
한계를 느낀다
글씨를 읽을 때도 잔 글은 안 보인다
세상일 자세히 알지 말고 대충 알아도
살아가는 데 지장 없다고 그러는가 보다
먹는 것도 그렇다
조금만 먹어도 배가 불러 못 먹고
소화가 덜 되어 못 먹는다
노인이 되면 모든 일에 한계점을 알려준다
노인이 되면 세상일에서 물러나
마음에 수양을 닦고
다음 세상 준비하라고
몸이 미리 경보를 보내는 것 같다

2024. 2. 16.

춘 정

겨울이 다 지나간다고
찬바람은 세월을 부여잡고
어젯밤에 밤이 다 새도록 울어 대더니
오늘은 비가 내린다
무엇이 들어 있는지 알 수 없는 하늘에서
하염없이 내리는 비는
원도 한도 없이 질펀하게 내리고
아직 봄이라고 하기에는
이른 쌀쌀한 날씨인데
빗물 고인 논에도 산골짜기 웅덩이에서도
개구리가 짝을 찾아 부르는
사랑가 소리가 무심한 내 마음을
갈이 뒤집어 춘정이 올라오고
나도 모르게 내 발걸음은 그 부름 소리에
홀려 웅덩이에 가 보니
수많은 개구리 알이 동그랗게 뭉쳐
올챙이 꿈을 꾸고
물에 떠서 세상맛을 간 보고 있다
개구리는 아직도 사랑놀이 중인지
손잡고 어르고 다정히 부둥켜안고
겨우내 보고파 했던 정을 나누고

사랑 노래를 마음이 녹을 만큼
감미롭게 불러 주면 음률이 있는
노랫소리에 황홀경에 빠졌던
매화나무가 무관심에 잊고 지냈던
춘심이 발동해 꽃망울이 부풀어
올리고 부드러운 봄 햇살이 꽃잎을
열어주기를 손꼽아 기다리네

2024. 2. 16.

고달픈 세상살이

봄빛이 술독아지 술 익어가듯
서서히 익어간다
때맞추어 봄비가 오면
겨우내 딱딱히 굳어 있던 땅도 부드러워
꽃샘추위 무섭기는 하지만
든든한 지원군 봄 햇살을 믿고
풀 씨앗들은 삶의 세계로
뛰어들 용기를 낸다
든든한 약속에 믿음이 있기에
수천 년을 이 강산을 풀씨들이 지켜왔다
요즈음 세상 화두가 비결혼 저출산이다
해결책을 몰라도 너무 모른다
너무나 쉬운 대책이 있는데
어른들이 충분히 먹고살 대책을 펴줘야
남은 힘으로 낭만에 꿈 결혼도 하고
희망에 꿈 자식들도 출산할 건데
본인들 먹고살기가 급급하고 고달픈데
현재 직장이 있든 없든
노인이나 젊은이나 생존 자체가
그 고통이 지옥 수준인데
누가 결혼하고 아기를 낳을까?

토요일인 오늘도 쉬지 못하고
출근한다고 손자들 맡기려
이백 리도 넘는 길을
달려와 맡겨 놓고
일요일 저녁에 데려간단다
주5일제가 무슨 소용이 있나
지키지도 못할 법 만들어
서류 따로 현실 따로인데
적당한 일거리가 행복인데
이 정도면 기계도 화낼 판이다
월급 먹고 살 만큼 주고
일도 반으로 시키고 전 국민이
자기 능력대로 할 수 있는
다양한 일자리를 만들고
그중에 욕심 많은 사람은
두 가지 직업 세 가지 직업을
가지든 말든 자율에 맡기고
전 국민이 일할 권리를
주면 모두가 행복할 건데
아쉽네

2024. 2. 17.

하루일

봄 이슬이 마실 나왔다가
추위를 만나 집으로 못 돌아가고
서리가 되어 땅 위에 얼어붙었다
이슬에 한숨 소리가 산을 넘어가고
그 소리에 숨 가쁘게 동쪽 산을 넘어오는
햇살에 입김이 들판을 가로지르면
이슬은 안개 등에 업혀 하늘로 피어오른다
아침 햇살이 창에 그린 감나무 가지 수묵화는
묵직한 느낌으로 다가오고
빨리 일하러 가야 한다는 강박관념이 콩을 볶지만
중독된 카페인의 유혹이 더 강해
커피잔에 고인 검은 커피가 거울인 양
내 얼굴을 비추어 보면 길흉화복 아무것도
알 수 없고 홀짝홀짝 마셔보면
인생살이 맛같이 쌉쓰레한 것이 땡긴다
창밖에 참새 소리가 즐겁게 들린다
참새가 즐거운지 내 마음이 즐거워서
그렇게 들린 것인지 나는 모르겠네
자석에 쇠붙이 달라붙듯
오늘도 해야 일에 달라붙어
하루 생활고를 해결하네

2024. 2. 18.

봄비와 생각

토닥토닥 봄비가 온다
실연당하고 돌아서 가는
사나이 가슴에 내리는 눈물 같은
빗방울이 멍이 든 마음
씻어 내리듯
곱게 내린다
이 비가 꽃에 내리면
꽃비가 되고
땅속에 잠든 씨앗 속으로 들어가면
새싹 비가 된다
봄이 짙어가는 오늘 하루도
수많은 인연이 만나고 이별하는 사연들이
하늘나라에 반짝이는 별들보다 더 많다
밤비 소리 조용히 들으며
봄비 마음속으로 들어가
세상 속 이야기를 조용히 들어 보려 하네

2024. 2. 18.

인생길 살아보니 별것 없더라

봄비가 오는 날
말끔한 신사복에 구두를 신고
거리를 나선다
빗방울이 우산에 부딪혀 장단을 맞춰
신나게 노래를 부르면
나는 그 장단에 춤이라도 추듯
가벼운 발걸음을 옮긴다
커피 향기는 빗방울을 사이에 두고
술래잡기 놀이를 하다
내 품에 안기는 커피집에 들어가
친구를 불러 그동안 안부를 묻는다
친구 얼굴에서 세월이 그림을 그리고 간
깊은 주름살은 삶에 계급장같이
연륜을 말해 주고
백발이 빛나는 머리칼은
황혼의 저녁노을같이 아름답다
봄비 따라 묻어온 외로움이란 걸 지우기 위해
이렇게 타인에게 어깨를 기대어
공허한 외로움을 이겨본다
친구와 어울리다 보면
순간 찾아온 외로움도 한순간

기분이 전환되어 평정심을 되찾는다
봄 빗물이 얇은 내 마음에
방어벽을 녹이기 전에 여지껏 살아온 경험으로
사전에 기분 전환을 하면
또 하루를 건너 내일로 옮겨간다
인생길 살아보니 참 별것 없더라

2024. 2. 19.

투자와 인생철학

신중에 신중을 거듭하다
연구에 연구를 거듭하다
하나를 골라잡는다
어쩌다 휘두른 배트에 안타가 났다
이제는 되려나 보다 하고
팔아서 눈독을 들이던 다른 종목을 사
대박에 꿈으로 무척이나 행복했다
기분 좋은 선택이었다고 자화자찬을 즐겼다
시간이 얼마 안 흘려
판 것은 두 배 세 배
대박 판으로 풍선 떠오르듯 한없이 올라가고
갈아탄 종목은 타자 말자
고장 난 자동차가 되어 꼼짝달싹도 안 하고
옆 차들은 뒤도 안 돌아보고 내달린다
심장은 기름에 불을 붙여 놓은 듯 훨훨 타지만
불 꺼줄 소방수는 없고
그저 초가삼간 다 타는 불꽃 구경만 할 뿐이다
강 건너 불구경은 좋지만
내 집구석 타는 불꽃 구경은
그 심장 상하는 소리는 칠팔월 더운 날
어물전 갈치 비린내 저리 가라다

차라리 돈 못 벌어서 복 타령이라도 하며
신세타령도 괜찮다
될 듯 말 듯 한 헛다리 아차수 노름에
몸과 마음이 죽어나는구나
투자에도 길이 있고
복에도 그릇에 크기가 있는 줄도 모르고
불나방이 불빛에 유혹당해
죽는 줄도 모르고 달려오듯
욕심이 부르는 노랫소리에
앞뒤 생각 없이 낚여 득달같이 달려들어
잔머리 굴리다 호되게 채인 뒷발질은
고황에 든 병이 되어 두고두고 도져
아픈 상처에 피를 낸다
깨어지고 부딪히고 상처로 얼룩지며
삶을 배워가는 이야기가 인생길인가?
오늘도 의문에 수수께끼를 들고
고심한다

2024. 2. 19.

봄비와 노랫가락

봄비가 온다
겨우내 알몸으로 땅속에서
찬 기운이 전해오는 발끝 시림에
찬 눈 찬 바람에 묵은 때 다 벗고
고통을 삶에 숙명으로 알고
인내와 고통에 세월을 보냈는데
봄비가 속삭인다
바다 건너 봄이 오고 있다고
나뭇가지에 말한다
토닥토닥 내리는 빗소리에
갈 곳 없어 이십 대 청춘 시절에
듣던 음악을 육십 대에 듣는다
눈을 감고 들으니
마음은 청춘으로 내달리고
그때 어울리던 동무들과
즐기던 웃음소리가 음표에 꼬리를 잡아 매달리고
나의 손을 잡아 이끈다
추억에 한 장면 또 한 장면이
드라마처럼 이어지고
음악이 끝날 때쯤 작은 미소 뒤에
그 시절 참 좋았다는
느낌이 가슴을 평정한다

2024. 2. 19.

사랑하는 마음

하늘과 땅 사이에 빗줄기 기둥이 세워지고
그 기둥을 타고 하늘에 기운이 땅으로 내려와
오랜만에 땅 기운을 만나 해후를 한다
하늘 기운과 땅의 기운이 만나
천지조화를 이룰 때
만물은 생기를 받아 번성한다
천지조화의 기운을
사람이 받으면 지고지순한 사랑이 되고
그 사랑에 파장은 고요한 호수에 떨어진
작은 사랑에 빗방울 하나가
동그란 물결을 수도 없이 크게 그리며
호수를 노 저어 너의 심장까지 연결해 간다
사랑이 심어진 가슴은
헤아릴 수도 없을 만큼 이해심이 넓어져
내 모든 것 다 내어주어도 하나도 아깝지 않으리라
사랑이 가슴에 충만해 보지 못한 사람은
한평생을 살아도 반평생을 산
수확밖에 없다
세월이 내 삶을 재촉하기 전에
가슴에 사랑이라는 씨앗 하나
가져다 심어보자

2024. 2. 20.

욕심 버림

기다림은 늘 지루하다
이제나저제나 하고
반전을 기대하지만
그 반전이 애를 태운다
눈을 감았다 떴다
가슴에서 화산이 폭발하듯
한숨이 터져 나오지만
그 속 안 시원하고
문 여는 소리만 기다려진다
기다림이 오래되면 심장이 뜀박질하고
마른침이 목 넘김을 한다
세상에 나뿐인 줄 알고
그 계획 알뜰살뜰하게 세워보지만
늘 경쟁자는 제 몫을 요구한다
내 마음도 내 마음대로 못 하는데
어찌 타인 마음 일편단심
나만 바라보게 할 수 있을까?
이 일을 어찌 볼까?
남에 마음 갖기보다
내 마음 욕심 버림이 더 쉽지

2024. 2. 20.

세상일은 누가 아느냐?

내가 너를 찾아 부를 만큼 외롭다
따뜻한 너의 손만 잡고 있어도 행복할 것 같은데
토닥토닥 내리는 빗방울 소리는 외로움을 더해가고
창 넘어 빗물 고인 물에
한 방울 두 방울 떨어지는 빗방울은
외로움에 서러워서 우는 내 눈물이
심장에 떨어지는 것 같다
긴 한숨으로 마음을 달래려 해보지만
외로움을 타는 마음은 태풍에 날려가는 바람같이
제멋대로 천 갈래 만 갈래로 흩어져가고
마음에 중심을 잃어버린 나
이렇게 멍하니 빗방울에 내 마음을 섞는다
내가 이렇게 힘들게 고민해도
시곗바늘은 힘 하나도 안 들이고
시간을 수월하게 밀어 올린다
사막같이 너른 마음의 세계에서
모래알같이 수많은 일 중에
내가 찾는 물건은 어디에 있는지
빗방울에게 그 길이 어디에 있는지를
물어보면 자기도 모른단다
너도 모르고 나도 모르면 세상일은 누가 아느냐

2024. 2. 21.

아름다운 삶

한숨 자고 나니 누가 부른 듯이
홀연히 일어나니
농우소 일하러 가는 발걸음같이
느긋느긋하게 밤비가 내린다
이 밤비가 땅속으로 여행하며
개미도 깨우고 개구리도 깨우고
풀씨도 깨우면 깨어난 청춘들이
왁자지껄하는 생명들에
봄 잔치가 시작되고
세월에 바퀴는 더 빨리 달리겠구나
육십 고개 한참 지나고 칠십 고개 바라보니
이 세상에 청춘에 내 몫은 다 찾아 쓰고
바가지로 퍼보니 빈 독아지
빡빡 긁는 소리가 드륵드륵 난다
내 몫 다 찾아 쓰고
남의 몫 은근히 바라는 눈치에 나이
몸도 마음도 욕심을 덜어내야 할 나이인데
하늘과 땅에 이치에 맞게 닮아가야
아름다운 삶에 여정이 될 것인데
욕심이 자꾸 앞길을 가자고
눈치 없이 고집을 피운다

하루해도 시간이 차면
예쁜 저녁노을 품속으로 돌아가고
달도 차면 매일 조금씩 덜어내는데
이제는 나도 내 마음을 잘 가르쳐
안고 지고 이고 가는 욕심
적당한 자리에 하나씩 내려놓고 가야겠다

2024. 2. 21.

봄비와 고독

밤비도 내리고 낮비도 내린다
긴 시간 동안 내린 비는 어깨를 내리누르고
기운이 빠진 몸은 나른하다
찬 기운을 녹인 봄비가 시간이야 가든 말든
사람이 바쁘든 말든
천천히 제 갈 길로 가고
이제 막 꽃눈을 뜬 매화 꽃가지는 반가운 님에게
선물이라도 할 요령인지
빗방울을 입에 물고 이제나저제나 하고
애타게 서 있고
사랑에 기다림은 이렇게
마음에 감동을 준다
싱싱하게 물오른 나뭇가지가
내게도 삶에 힘을 주는 것 같다
들 논을 가득 메우고 모이를 줍던
기러기는 온다 간다 말 없이 내빼고
매일 와 놀던 물 고인 논바닥에
빗방울만 물장구를 치며
신나게 노는 모습을 바라보니
서운한 생각이 드네
낯선 새 한 마리가 새로운 세상으로 여행을 왔는지

혼자 비를 맞고 나뭇가지에 앉아 있다
삶에 대한 생각이 깊은가 보다
너도 나처럼 비가 와 머릿속이 복잡한가 보다
이리와 나와 함께 커피 한 잔으로 언 몸 녹이며
너의 이야기 나의 이야기로
지루한 시간을 재미있게 엮어 보자

2024. 2. 21.

봄 장마

해마다 계절이 바뀌어 봄이 오면
변덕이 심한 봄바람 대신 봄비가 기다려진다
때를 맞추어 오는 봄비는
사막에서 만난 오아시스처럼 만물에 큰 행복을 주는데
봄비가 가는 세월을 잊을 만큼
밤낮 안 가리고 사흘이고 나흘이고 내리니
세상이 온통 다 젖고
땅은 국을 끓여 놓은 듯이 질펀하고
참새 등 마를 날이 없다
비 내리고 쌀랑한 날씨는
사람들 어깨를 움츠리게 하고
홀로 서 기다림에 지친 가로등
불빛에 눈물이 거리를 얼룩지게 하고
눅눅한 공기는 사람들 기운을 다 뺀다
오늘 밤 지새고 나면
반가운 친구가 날 찾아와 부르듯
내일 아침에는 새벽 산을 넘어온
아침 햇살이 찾아와 내 이름을 불러주면
나는 님을 본 듯 반갑게 맞이할 텐데
날씨가 내 바램대로 이루어질지
의문이 생기네

2024. 2. 22.

공짜는 없다

입춘도 지나고 우수도 지났다
물오른 매화 가지에
꽃망울이 올망졸망 키 자랑을 하고
언제쯤 따뜻한 햇살이 반겨줄까?
그때를 애가 닳도록 기다리고
낮은 곳에는 찬비가 내리고
높은 산등어리는 분을 바른 듯이
하얀 눈꽃이 피었다
목화솜 물 빨아 먹듯
찬 기운이 내 열기를 동냥하고
얇은 봄옷에 사시나무 떨듯
바들바들 떤다
봄추위에 손발 시린 목련 나무도
깜짝 놀라 실눈을 뜬다
계절의 변화는 대가를 요구하고
내가 가진 것 중에
하나씩 내어주고
물물교환한다

2024. 2. 23.

봄날의 합창

봄비를 품은 맑은 강물은 버선발로 내를 건너고
들판을 달리고 동네를 한 바퀴 돌아
사람 사는 모든 이야기를 녹여
보물인 양 둘러메고 바다로 여행길을 떠나고
따뜻한 남풍은 강물이 열어 준
길 따라 올라와 봄기운을 풀어 놓는다
남국에서 올라온 요술쟁이 봄기운이
꽃씨에 붙으면 꽃봉오리가 되고
잎눈에 집을 지으면 새싹이 되고
천하장사 봄기운이
세상을 들었다 놓았다를 반복하면
만물은 흥에 겨워 저마다 타고난
모양대로 재주를 부리고 봄기운이 머문 자리는
매일매일 잔치판이 되어 세상 만물이 가진 이쁜 모습
다 보여 주는구나
겨우내 땅속 왕국에서 땅에 노래를 배운
개구리가 불러 주는
아름다운 사랑에 연가를 듣고 싶어
하늘에 별빛도 달빛도 구름을 밀어내고
귀를 쫑긋 새우고 산골짜기 물 고인 웅덩이에서
흘러나오는 노랫소리를 열심히 주워 담는구나

2024. 2. 23.

간절한 마음

피보다 더 진한
사랑에 마음도 우물쭈물 망설이다
고백하지 않으면
시간이 지나가면서 옷에 먼지 묻어가듯
표시도 없이 묻어
고백의 기회도 없이 가버리고
가버린 아쉬움은 이제는 그 흔적조차 아득하네
약탕기에 약 달이듯
햇살이 시간을 밤낮으로 다려대니
어찌 봄꽃이 안 피고 배겨나리오
햇살이 사랑을 꼬드겨 세상에 풀어 놓으니
뒷산 장끼가 큰소리로 까투리를 안 부르고
어찌 배겨나겠는가?
한평생을 사랑에 표현을 배웠건만
그 표현은 늘 타인처럼 낯설다
오늘 밤도 네가 내 귀 속삭임으로
사랑한다 말해 주면 난 하늘을 날 듯
기쁘고 말할 수 없을 만큼
행복할 것인데
꿈속에서 하나님께 기도한다
내 소원 이루어 주라고

2024. 2. 23.

일은 우울증을 없앤다

비가 온다
봄비라고 할지 겨울비라고 할지
모를 만큼 찬비가 천천히 가늘게 온다
인적도 드물고 심심한
하늘에 그림을 그리며 놀던
까마귀 백로마저 없다
감나무 가지에서 시끄럽게 떠들어 대던
까치마저 없으니 마음이 착 가라앉네
그들은 나와 아무런 상관도 없는데
그 이유는 뭘까?
뜨거운 커피 한 잔을 태워놓고
마시기 좋은 온도를 기다린다
커피 향을 실은 설익은 김은
노래라도 부르듯 춤이라도 추듯
부드럽게 작은 안개가 되어
너도 가니 나도 간다는 식으로
몸 가벼운 놈들 줄줄이 다 날아가고
엉덩이 무거운 놈들만 남아 있을 때
한 모금 마시면 외로움은 늘 내 곁을 지키다가
같이 먹자고 병아리 물 마시듯 입을 댄다
가만히 방 안에만 있으니 힘만 쭉쭉 빠지고

이럴 바에는 차라리 일이라도 하러 가자
비 오고 추운 날씨 움직이기 싫지만 용기 내어
일복을 두둑이 입고 들길을 나서면
하늘에 구름 걷히듯
어느 순간 외로움은 도망가 숨어버리고
상큼한 기운이 솟아 머리를 맑게 한다

2024. 2. 23.

정월 대보름

연극이 시작되기 전에
장막이 쳐지듯 구경 나온 어둠이
천지를 다 채워갈 쯤
동쪽 산 넘어 늦을세라
급하게 달려온
밝은 부싯돌이
나뭇더미 속으로 쑥 파고들면
청솔가지는 신이 난다고
소리를 지르고
솟아오르는 하얀 연기가 주문을 외우면
꽂아 놓은 소원 등 푸른 대나무가
신기운을 받았는지 부르르 떨고
조금 전에 마신 막걸리가
목을 지나 배 속을 한 바퀴 돌아
간에 기별이 갔는지
얼굴은 불빛같이 흥이 달아오르고
꽹과리 장구 북 징소리가 사람들 귀를 모으고
어깨를 씰룩씰룩하게 한다
한 잔의 술잔이 한 바퀴 쑥 돌고 나니
불 위를 걷듯 얼음 위로 걸음을 떼듯
땅과 발바닥 사이가 자주 벌어지고

그 땅울림이 사방으로 울려 퍼지면
잠자던 땅속 지렁이
많이 놀랐겠다
연기가 달나라로 길을 내면
불꽃은 사기 높은 병정들에
창끝같이 날카롭게 번쩍이며
달에게 대들고
불꽃이 기세가 높을수록
둥근 달은 연기 속으로 숨는다
불꽃이 열이 올라 진심을 다할 때
그 모습은 방금 물에서 건진 금덩어리처럼
맑고 밝은 빛을 내고
선녀 옷자락같이 깨끗한 모습은
세상 허물 다 덮고도 남겠네
정월 대보름 달집에 소원을 하나씩 적어
불꽃으로 하늘에 편지를 올리고
모든 시름도 하늘에 맡기고
알딸딸한 기분 좋은 발걸음으로
달빛과 어깨동무하고 집으로 간다

2024. 2. 25.

봄이 오는 길목에 서서

밝음은 자명종같이 다가와
아침을 깨우고
앞집 지붕 위에 서리는 햇살이 다가와
부를 때까지 머뭇거린다
햇살의 달콤한 꼬드김에 못 이기는 듯이 일어서고
꽃피는 삼월이라 해도
왔다리 갔다리 중심을 못 잡는 날씨는
기러기에게는 있어도 된다고 속삭이고
매화가지에게는 꽃을 피워도 된다고 부추기고
날씨는 적군도 아군도 아닌 변덕쟁이다
난로 연통에는 하얀 입김을 토하며 열을 올리고
강둑 따라 구불구불 이어진 강 따라
강 안개는 물을 끓여 놓은 듯이 피어오르고
어제 비가 와 물 고인 논에
아침부터 왜가리는 맨발로 들어가
아침 찬거리 찾는다고
미꾸라지 놀러 나왔나
긴 목을 요리조리 빠르게 움직이며 순찰을 돌고
혼자 놀기 심심했는지 우리 집 마당 개는
자꾸 나와 함께 봄바람 구경 가자고 졸라 댄다
그 소리가 시끄러운지 수탉도

개소리 시끄럽다고 나무라고
개는 닭 소리 듣기 싫다고 그러는데
누가 누가 옳은지 모르겠구나
난 너희들 시빗거리에 간섭하기 싫다
차 한 잔 후딱 마시고 뒷산에 진달래
꽃봉오리가 봄을 싣고 있는지 보러 갈란다

2024. 2. 26.

사랑에 상처

따뜻한 봄날 커피 한 잔이
삶에 여유를 가지게 하는 날
봄바람 꽃바람이 찾아와
그 옛날 어릴 적 사랑에
아픈 기억을 들추어낸다
그때는 어려서 아무것도 몰랐고
사랑 속에 숨어 있는 권모술수를 몰랐다
사랑이 인생에 전부인 줄 알고
내 모든 마음을 너 꼬드김에 넘어가 다 주었다
마음에 사랑만 있으면 밥 안 먹어도 배부르고
돈이 없어도 너랑 함께라면 미치도록 행복했었다
어느 날부터 기다림이 생기더니
너는 거짓말로 내 마음을 조금씩 밀어내었다
갈 곳 없는 내 마음은 얼마나 괴로웠는지
아침에 눈 뜨고 일어난다는 사실이 원망스러웠다
삶은 죽음보다 더 모진 고통에 세월이었다
상처도 고통도 시간이 치료해 준다는 말은
진리로 통했다
힘들고 고통스러운 나에게도
시간은 마술을 보여 주더라
하루 이틀 한 달 두 달 시간이 가니

눈에 보이지 않을 만큼 내 마음이 자라나더라
나이 들어 이제 와 생각해도
속은 마음은 분한 생각이 든다
그래서 지금 만나면 묻고 싶다
그때는 무슨 마음으로 왜 그랬는지
너의 집 문 앞에서 가로등같이
하염없이 널 기다리며 얼빠져 있던 시절
지금 생각해도 아찔하다
그때는 내가 못나서 당했지만
지금은 너가 부러워서 눈물이 날 만큼
날 버린 게 땅을 치고 후회할 만남이 되겠지만
무심한 세월아 그냥 가지 말고
내 마음에 피멍을 들인 그 사람
지금 내 앞에 불러주면 안 되겠니

2024. 2. 26.

황 새

땅끝에서 하늘까지 가득 찬 안개를
하나, 두울 수도 없이 하늘로 불러올리고
한숨 돌린 햇살이 말을 걸어온다
봄기운을 잔뜩 품은 양파 마늘밭은
푸른 봄기운이 넘실대고
겨우내 없던 사람들이 양파 마늘밭에
개미처럼 달라붙어 골골이 긴다
봄볕에 힘을 받은 마늘 양파는
푸르고 큰 잎을 내밀어 체급 자랑을 하고
냇물이 돌자갈에 끼인 겨울 때를 닦으며
흐르는 개울가 봄바람에
마른 갈대는 살았는지 죽었는지도 모르고
반갑다고 몸을 흔들며 춤을 추는데
바람에 힘인지 갈대에 힘인지 몰라도 풍경이 좋다
물 고인 논에 어린아이만큼 큰
황새 한 쌍이 사이좋게 춤을 추듯
리듬을 타는 어른 걸음으로
나락 이삭을 줍는 산골짜기 다락 논에는
아직도 겨울 기운이 조금 남아 있나 보다
저 황새도 더 늦기 전에 고향으로 잘 찾아갔다가
내년에 여기에서 그 가족들 다시 볼 수 있으면 좋겠네

2024. 2. 27.

건강한 하루

아침은 늘 우리에게
희망을 앞세워 의욕을 부추긴다
그 출발은 과속이 되어 몸에 무리가 쌓인다
최대 출력을 높인 몸은 알게 모르게
피로도가 축척되고 축척된 피로도에
면역성은 떨어지고 떨어진 면역성은
크고 작은 아픔으로 이어지고
긴 잔고장은 폐기 처분 수순을 밟게 된다
태어날 때부터 유통기간이 정해진 몸이라
운동해 기름치고 적당히 쉬어주고
보양 음식 많이 먹어 보신하고
규칙적인 생활하면 유통 시간이 길어진다
오늘도 세월은 호시탐탐
나의 건강을 노린다
적당한 욕심으로 무사 무탈한 하루를
살아보자

2024. 2. 28.

1

시간이 가르쳐 주더라

너는 나를 바라보고
나는 너를 바라본다
같은 것을 바라보면서
너는 너 생각 따로
나는 나 생각 따로
서로 생각에 모양이 다르다
둘이 똑같은 것은 함께 한 추억만 같을 뿐이다
삼거리 길에 서서 어느 길로 갈까?
고민하고 서있네
내 생각은 등산을 가고
너 생각은 바다를 간다
조금씩 어긋난 톱니바퀴는
시간이 흐를수록 더 어긋나
완전히 딴판으로 바뀌었다
무엇을 어떻게 고쳐야
하늘에 해와 달같이 서로 모양이 달라도
어긋남 없이 조화롭게 잘 돌아갈까?
마음에 고집을 버리고 인내를 쌓으면
문제는 간단한데 인생 수련이 덜 된 탓에
답을 알면서도 감정에 휘둘려
정답을 못 쓰고 있네

살아가며 삶에 채워야 할
부족한 공간이 너무 많구나
세상을 조금 더 살아가면서 배우고
익숙해지면 풋과일이 세월에 익어가듯
단맛이 배어 나오겠지
세상살이에 가장 정확한 답은
시간이 가르쳐 주더라

2024. 2. 28.

마음 비움

밤새도록 천하를 점령해
호기를 부리던 어둠도
아침햇살에 못 이겨 쫓겨나고
지금 기세등등한 햇살도
시간 앞에는 맥 못 추고 사그라든다
세상에 그 어떤 것도 영원한 것은 없다
인간에 욕심이 태산을 넘을 만큼 커도
죽음 앞에는 서리 맞은 초목이랑 뭐가 다른가?
부딪히고 깨지고 좌절해 보면
그 충격만큼 욕심을 덜어내고
마음을 다스리는 길로 들어선다
세상을 다 이기고
물욕으로 마음을 채워봐도
만족은 없다
남의 삶 간섭보다
내가 내 마음을 다스림이
알고 보면 훨씬 더 수월하다
나이가 숫자를 더할수록 욕심은 많아지지만
하나씩 내려놓을 줄 알아야
행복한 삶을 살 수 있다

2024. 2. 29.

꽃샘 추위

추워서 방 안에서
꼼짝도 안 하고 있는데 대문이 덜컹거린다
한두 번도 아니고 연거푸 소리가 나 나가보니
봄바람이 좀 쉬어다가 가자고 들락날락거리고
꽃샘추위는 사랑하는 임을 만난 듯
땅을 부여잡고 죽고 못 산다고
딱 얼어붙어 있고
경칩을 코앞에 둔 땅속 개구리는
어이없어할 말이 없네
햇살의 따뜻한 공기는 하늘로부터 내려와
찬 기운을 살살 꼬드기고 있다
벌, 나비는 추워서 문밖출입을 엄두도 못 내는데
겨우내 땅속 나라에서 매화나무 꽃가지는
흰 꽃, 분홍 꽃봉오리를
산수유나무 가지는 노랑꽃 봉오리를 만들어 나와
봄 세상을 꽃향기 천지로 만들려고 했는데
꽃샘추위에 오그라들고 벌 나비도 꽃봉오리도
추위 때문에 이별 아닌 이별로 서러움 짓고
견우와 직녀에 사랑 이야기처럼
올봄 날씨가 가슴 한구석을
애틋하게 하는구나

2024. 3. 1.

사랑에 이쁨

하루 일을 끝낸 해는
서산마루에 걸터앉아
하루에 일기를 저녁노을로 그리며
친구에게 보고 느낀 하루 일을 이야기하고
달빛을 닮은 듯
맑은 호숫물보다 더 많은 뜻을 담은
너의 눈웃음은 사랑을 이야기한다
보고만 있어도 웃고만 있어도
내 심장은 너의 마음속으로 뜀박질한다
너의 사랑을 가진 내 마음은
그 설렘에 하늘을 다 품은 듯
땅을 다 가진 듯 벅차다
봄날이 아름다운 것은 꽃이 있기 때문이요
내 삶이 행복한 것은
내 옆에 당신이 있기 때문이다
당신이 좋다 당신이 너무 좋다
내 모든 것과 당신의 모든 것을 공유하고 싶다
사랑으로 이어진 너와 나는 한마음
한마음이 굳어 아무것도
침범 못 하는 사랑에 별 보석이 되어
한 세상 달빛을 연필 삼아 하늘을 도화지 삼아

인생길 걸어가는 모습을
하루 한 페이지씩 이쁜 그림 이야기로 그려 가고 싶다
바닷물이 마르면 소금이 남고
우리 함께 죽어 없어져도 순수한 사랑이 남게
이쁘게 아름답게 남은 여생을
살아가시구려

2024. 3. 1.

사랑에 함정

추운 날 따뜻한 옷이 내 몸을 보호하고
일상이 지루하고 마음이 외로움을 탈 때
당신에 포근한 사랑이 내 마음을 지킨다
너의 모습이 내 마음을 자석처럼 끌어당긴다
자고 나도 보고 싶고
그다음 날도 눈만 뜨면 너를 찾는다
보고픔이 너를 부르면
잠을 자려고 할 때도 생각나는 너
너 생각이 내 마음을 나도 모르게
조금씩 잠식해 사랑하는 마음으로 조화를 부린다
사랑으로 조정당하는 마음은
세상에 아무것도 안 보이고
오직 당신만 바라보는 해바라기꽃이다
아마도 난 당신의 사랑 함정에 빠졌나 봐
사랑을 알고부터 꽃이 이쁜 줄 알았고
보랏빛 무지개를 타는 느낌을 알았다
어디서 언제나 당신이 내 이름만 불러도
기쁨이 다가오고
함께하는 일상이 즐거워
시간 가는 줄도 모르고
너의 사랑이 내 곁을 지키니

맑은 샘물 솟아오르듯 가슴속에서부터
밝은 행복이 솟아오르고
당신 손잡고 마주 보고 선 이 순간도
그 기쁨은 웃음으로 표현되더라

2024. 3. 2.

할배가 손자에게 보내는 입학편지

시간은 삼월에 많은 그림을 준비하고
각자에게 맞는 희망에 길을 알려준다
하늘에는 기러기가 고향으로 돌아가려고
한창 비행 연습 중이고
봄빛을 배 속 가득히 채운 매화나무는
꽃봉오리를 풍선 불듯이 힘껏 불어 올리니
그 기운에 밀려 꽃송이가 피울 듯 말 듯
땅 기운이 솟아오르고
우리 집에는 팔 년 동아 키운다고
공들이고 기다리던 경사가 생겼다
드디어 오늘 손자가 학교 입학식 하러 가는 날
인생에 의미가 있는 날이다
날씨는 햇살이 좋고 따뜻해서 기분 좋구나
손자 아이가 문어 머리보다
더 큰 가방을 울러 메고
아빠 손잡고 처음 학교 입학식에 나선다
설렘으로 기다리던 시간이지만
막상 처음 학교 가는 길 나서니
어른이 된 듯 우쭐거리는 걸음이 가볍다
약간의 기대와 처음 하는 일이라
작은 긴장감도 생기는 듯

눈망울만 빠르게 움직이네
교실에 모인 아이들이
올망졸망 모여 앉아 있는 폼이
장날 병아리 사 와
닭장에 넣어 둔 모습이랑 똑같네
이제는 손자도 사람 사는 울타리에 들어와
사람 구실 배우며
사회 규칙을 배워
당당한 세상 속에 한 사람으로
성장해 가길 기원한다
손자야 처음에는 모든 것이
낯설고 어색해 너뿐 아니고
모두 다 적응하기가 힘들단다
기죽지 말고 하고 싶은 일
자신감 있게 당당하게
커가는 모습을 보고 싶구나
할아버지는 영원한 손자 편이다
힘을 내라 힘을 내야 힘이 난다
살아가면서 생기는 너의 꿈이
이루어지길 할아버지가 열심히 응원할게

2024. 3. 4.

배 움

능수버들 가지는 물기운이 올라
봄바람에 장구채 장구치듯 낭창거리고
양지쪽 밭두렁에 홀로 선 매화 꽃나무는
겨우내 많이 외로웠는지
꽃망울을 피운다고
놀러 오라고 손짓하고
큰 호수에는 북쪽에서 오신 손님
고향 갈 채비에 모인
기러기 숫자 헤아린다고
하루 종일 꽥꽥거린다
하우스에서 잘 자란 채소를 뽑아
겨울에 묵은김치에
입맛 떨어져 있을 것 같은 벗에게
봄기운 가득한 새 나물을
싸서 택배 보내려 길을 나선다

마음이 들떠서 그런지
뒤차가 너무 바짝 붙어 와서 그런지
횡단보도 앞 정지선을 살짝 넘어서
차를 세웠다
아차 싶더라
후회막급이더라

한순간 방심해 벌금 스티커 한 장 받게 생겼네
알고도 우물쭈물하다 당해서
속이 많이 쓰리더라
그래서 커피집에 가서 지인이랑
속상한 이야기를 했더니
지인이 위로하더라
이미 벌어진 일 바꿀 수는 없어도
속상한 마음은 위로받아 바꿀 수 있더라
살아가면서 같은 값이면
남의 말 기분 좋게 하자
기분 좋게 말한다고 해서
내가 손해 보는 것 하나도 없잖아
심술만 없애면 좋은 사람이 된다는 것을
이렇게 당하고 보면
알게 모르게 하나씩 배우는 것이
인생살이네그려

2024. 3. 4.

봄비 는 날 생각

비가 온다
말하지 않아도 내 몸이 먼저 비가 올지 안 올지를 아는 나이
하고픈 용기보다 현실에 한계를 느끼는 나이이다 보니
어제부터 몸이 무겁더니 밤부터 봄비가 온다
밭고랑 이랑이 흠뻑 젖을 만큼 내렸다
꽃 대신 물방울을 매달고 선
꽃나무 가지는 꽃을 들고 선 여인 모습처럼 이쁘다
비를 피해 처마 밑에 옹기종기 모여 앉은 참새들은
할 이야기도 바닥이 났는지
그냥 내리는 비만 바라보고 멍 때리는 중이고
성질 급한 까마귀만 비를 맞고
세상이 자기 것인 양 아무 말이나 하며
빗속으로 왔다 갔다 하느라 날개가 다 젖었구나
고독을 삼키듯 커피 한 잔에
창문 너머 보이는 나뭇잎 없는
감나무 가지를 바라보며 말을 걸어 본다
새봄이 온 지금 너는 무슨 꿈을 꾸느냐
너는 매년 새로운 기회가 주어지지만
우리네 인생은 흘러가는 물처럼
한 번 가면 그만이기에 이토록 아쉬워한다

2024. 3. 5.

손자의 첫 등교

쓸데없는 봄비가 너무 자주 온다
만물이 풍요로워지는 봄
새로운 출발이 시작된다
신학기라 농우소 길들이듯
아무것도 모르는 아이들을 모아서
삶에 지혜를 가르친다
해야 할 일보다 하면 안 되는 일이 더 많다
본능의 움직임에서
이성으로 행동해야 할 규칙을 배운다
천방지축으로 고삐 없는 말 내달리듯
자유로운 영혼들을 삶에 틀 속에 넣어
인간사회에 기둥이 될 재목으로 키운다
손자가 하루 학교 갔다 오더니
기가 팍 죽어서 왔다
배워야 할 일 지켜야 할 규칙이 많아
혼란이 왔나 보다 이런 날 저런 날을 잘 반죽해
삶에 주춧돌을 하나씩 놓아가는걸
어렴풋이 짐작이 가나보다
손자야 걱정하지 말라
시간이 다 해결해 준단다

2024. 3. 5.

하루살이 2

아무 생각 없이 잠을 자고
아침 햇살이 불러
하루살이를 시작한다
햇살이 꽃잎에 숨어들면 꽃이 되고
나무에 스며들면 새싹이 자라나고
햇살은 색연필을 들고 그림자 화가가 되어
물건에 앞모습을 비추어
앞모습 꼭 닮은 뒷모습 그림자를
멋지게 그려낸다
뭐든지 못 하는 것이 없는 태양아
너 손끝에서 웃고 우는 것이 인간지사네
젊은 사람들은 목구멍이 포도청이라고
먹고 살기 위해 이른 아침부터
자기 일을 찾아 직장으로 불러 나아가고
우리 집 마당 개도 밥벌이한다고 낯선 손님이 오니
주인 눈치 봐가며 열심히 짖어대고
암탉은 자기 할 일 다 했다고 알 낳아놓고
주인이고 동네 사람 할 것 없이 다 들으라고
큰 소리로 꼬꼬 댁을 열심히 외쳐댄다
삶에 눈치가 보여 별로 할 일도 없는데
괭이자루 하나 울러 메고 논길을 나서니

기러기는 줄지어 열심히 나락 이삭을 주워 곳간을 채우고
세상일 모든 것이 궁금한 뒷산 까마귀는
여기서도 한 번 불러보고
저기서도 한 번 불러보고
아무도 대꾸도 안 한다
제 혼자 머쓱해 제 볼 일 보러 가는지
산 넘어가네

2024. 3. 6.

삶에 고찰

하루 일상을 마치고
편안한 마음으로 잠을 잔다
일상과 상관없는 너무나도
생뚱맞은 꿈을 꾼다
평소에 한 번도 생각조차 안 해본 장소에서
한 번도 해보지 않는 일로
마음이 크게 상해서
꿈을 꾸다 깜짝 놀라 일어난다
너무나 황당하고 충격적이라
마음에 서운한 감정이 흥건히 고여
꿈을 깨고 나서도 서운한 감정이 남는다
너무나 생생하기에 삶에 의문이 생긴다
현재 내가 살고 있는 세상이야기가
진짜인지 다차원의 세상이야기가 진짜인지
아니면 전생에 인연이
현생으로 이어져 있어 그런지
현실보다 더 현실 같다
아마도 세상은 둘 중에 하나가
틀림없는 것 같다
현실과 정반대 삶인데도
그렇게 표현되는 것은

하느님이 발전된 현재의 삶을 잘 살아
해탈에 기회를 주는 이끌림 같다
인과에 법칙이 남긴 마음에 그림자가
현재의 거울에 비친 모습일 수도 있고
또 다른 내가 다른 차원에서
살고 있는 모습일 수도 있다는 게로구나
아무튼 어떤 세상이 연결되었든
마음 상한 이야기로 꽉 차올라 와 있어
마음은 헤아릴 수도 없을 만큼
많은 인연을 맺어 놓아 얽히고설킨 감정에 매듭을
인간이 살아가면서 모두 풀어야 할 숙제
마음이 쌓아 놓은 두터운 감정에
허물을 모두 벗어야
인과의 법칙에서 벗어나
생로병사 윤회의 굴레에서 탈출한다
부부에 연은 생애에 제일 많은 악연이 쌓인 사이
그래서 한평생 봉사하고 희생해 살며
상대방에게 감동을 하나 줄 때마다
악연에 인연 껍질은 하나씩 허물을 벗는 것 같다
한 번 생애 한 층씩 쌓인 악연을 다 풀 수도 있고
그 숙제를 다음 생으로 이어져 풀 수도 있다
서로 만나 바로 헤어짐은 그 미움이

너무 커 아직도 준비가 덜 된
용서에 마음이 일어나지 않아서 아마 그럴 것이다
내 마음이 사랑으로 가득 차고
봉사하고 베풂에 마음이 가득 차
기쁨으로 충만할 때
윤회의 고삐가 풀리려나
그 비밀은 신만 알겠지

2024. 3. 6.

사랑이라 말하고 싶다

가을바람을 타고 기러기가 날아올 때
고향으로 돌아갔던 사람
기러기가 봄소식 입에 물고 떠나갈 때
날 보고파 다시 돌아온 사람
보고픔의 그리움에 표현 대신
작은 미소로 답하는
재회의 첫 만남이 어색함도 없이
사랑은 시간의 벽을 넘어
늘 함께한 사이같이 다정하다
사랑이란 것이 이런 것인가?
한참 떨어져 못 보고 있다가도
다시 만나면 그동안 못 봤던 세월은
싹 다 지워지고 헤어지기 전날과
만난 오늘이 아무 일 없이
딱 이어지는 걸 보면
사랑에 마술은 대단한 것이다
삼월에 봄꽃이 핀다
내 마음에도 사랑에 봄꽃이 피어난다
세상 모두를 가슴에 담을 만큼
행복한 이 마음을 사랑이라 말하고 싶다

2024. 3. 7.

부모 마음

초승달이 하늘에 눈썹을 그리고
작은 아기별들이 은하수 강에 옹기종기 모여
모래 장난을 즐길 때
기러기 등을 타고 온 흰 서리는
온 산하를 분으로 화장을 한다
그때 별빛에 속삭임에 약속을 굳게 믿은 나무는
모든 것 다 버리고
눈도 귀도 닫고 고된 시련에 계절을
용광로 속에 낡은 쇠 녹아
젊은 쇠 되듯이 인내를 화두로
동안거 들어가고
티끌이 빗자루에 쓸려 나가듯
찬바람이 봄 햇살에 쓸려 나아갈 때
어느 날부터 시작된
피부로 바람이 전해오는 향기가
시간에 비밀이야기를 읽고
햇살을 통해 하늘 기운 얻고
물을 통해 땅 기운을 얻어
이때다 싶어 삶에 혁명은 시작되고
잎 없는 뿌리에서 시작된 작은 땅 기운의 여행은
혼신에 힘을 모아 꽃망울을 피워 올린다

꽃이 피어나 시집가던 날
햇살이 피리를 불면
따뜻한 하늘에 기운이 벌, 나비 불러 모으고
밤이슬 별빛이 꽃잎을 거두어 가면
꽃나무에 일생은 소녀에서 엄마의 일생이 시작된다
시간의 가마솥에 젊은 청춘 다 녹아나고
녹아 난 나무에 정기는 열매로 들어가
삶에 부로 축적된다
세상살이 고초에 진기 다 잃어가고
얼굴에 주름살이 냇물처럼 흐를 때
노을빛을 닮은 이쁜 그림이 그려진
열매가 얼굴에 화색이 돌 때
또 한 해의 수고스러움에 대가
가슴 뿌듯함에 마음을 비운다
자식을 키워 낸 부모 마음
알을 낳고 부화해 새끼를 키워
둥지를 날려 보낸 어미 새 마음
모두가 한마음이 부모 마음이
아닐까?

2024. 3. 8.

금요일의 행복

벌써 금요일이네
오라고 가라고 말하지 않아도
시간은 오늘도 정직하게 나를 찾아와
인생길 어여 가자고 고삐를 당기고
나는 일하기 싫은 농우 소가 되어 버티어 보지만
시간에 매는 힘을 더해가고
매에 장사 없다고 억지로 내 갈 길로
후다닥 도망을 간다
주문을 외우듯 무엇을 해야
내 삶이 가장 기쁜 소리로 웃을까? 연구해 보니
그 일은 내가 가장 하기 싫은 일들로
구성된 메뉴뿐이고
누이 좋고 매부 좋고
나도 하고 싶고 내 인생도 윤택해 지는 일
세상 어디에 있느냐고
날아가는 까마귀 붙잡고 물어보니
알면 내가 가지 너 가르쳐 주겠나 하고
뒤도 안 돌아보고 날아간다
그곳을 알면 당신 손잡고 즉시 달려갈 텐데
불행히도 세상에는 역사 이래로
그곳을 아는 자가 없다

인간의 숙명이 고난이라

거역해 본들 삶에 코뚜레에 꿰인 인생이라

버티면 코만 아플 뿐 아무 소용이 없어

인생이 시키는 일 고분고분 말 잘 들으면

밥도 주고 휴식도 주고

보너스로 상도 주니 알아서 가야겠다

하기 싫은 일 억지로라도 해야

밥을 먹여 주지

아이구야 내 팔자야 하고

일해 보니 막대사탕 빨면 단맛 나듯

일에도 재미가 쏠쏠하네

오늘도 즐거운 마음으로 한세상 살고

집으로 돌아오는 길에 행복이란 놈도

강아지 목줄 메어오듯 잊지 말고

끌고 오세나

2024. 3. 8.

꽃을 사 들고

어떤 줄이 질긴가 해도 인연 줄보다 질긴 줄 없고
무엇이 크다고 해도
이 세상에는 욕심만큼 큰 물건은 없다네
인간이 하늘 땅 다 뒤집을 만큼
큰 재주를 가졌다 하나 시간을 잡아맬 방법 없고
세상에 어느 것이 강하다 해도 세월에 맞설 장사 없다
그저 시간이 나누어주는
삶에 인연만큼 세상에 있는 물건 빌려 쓰고
주인이 달라고 하면 내 것 같이 손때 묻은 물건까지
몽땅 다 내놓고 가라면 가고 오라면 와야 할
힘없는 존재가 인간이다
그래서 강약을 잘 조절해 밀어줄 때 당기고
빼앗아 갈 때 미련 없이 놓아주고
리듬을 잘 타야 순풍에 돛을 단 듯 매끄러운 삶을 산다
오일장이다
젊은 사람 나이 든 사람이
생에 가장 화려한 시절 꽃을 판다
겨울바람 잔당이 바위틈 밑에
숨어 있다가 산적처럼 나타나 훼방을 놓지만
봄은 꽃잎 끝에서부터 조금씩 묻어나오고
가고 없는 청춘이 부러워

너무나 화려하고 현란한 꽃들에 꼬드김에 넘어가
마음에 안기는 꽃을 두어 가지 사 들고
돌아오는 길 마음은 가볍고
몸은 무거운 발걸음을 옮긴다

2024. 3. 10.

장 날

무심한 햇살은 하루해 보내기가
심심해 봄빛을 구워내고
지루한 내 마음은 바람을 쐬러
장 구경을 나서고
무리에서 떨어진 기러기가
왜가리 오리와 어울려
모이 줍기 놀이를 즐긴다
밤이슬을 피해 매화 꽃잎에서
밤을 지새운 꽃향기는 바람을 타고 와
무정한 감성을 자극하고
삶의 현역에서 물러난 중늙은이 부부가
봄맞이 오일장 구경을 나선다
점심때를 맞추어 맛있는 점심을 사 먹고
길 따라 늘어선 노점상 따라
물건 구경 사람 구경 나선다
휴일 장날이라 도시의 젊은이들도
아이들 손잡고 많이도 왔다
젊은이들과 함께 한 바퀴 휩쓸려 다니다 나오니
나도 젊음이 물오른 것 같아 생동감이 도네
요란한 음악 소리가 눈길을 끈다
흥겹게 춤추는 나이 든 광대 주름살이
짠한 음악으로 가슴에 와 닿고
왠지 모르게 가슴이 시리다

저 광대도 어릴 적에는 가수 났다고
동네방네가 시끌벅적했을 텐데
시대를 잘 못 만났는지
사주팔자에 가수 복이 없었는지
그 꿈은 못 버리고 세월과 함께 늙어 왔구나
봄을 알리는 쑥도 사고
구수한 입담에 넘어가 보리쌀도 사고
봄 텃밭에 놀잇감 씨감자도 사고
나비가 앉은 듯 화가가 색깔을 입힌 듯한
호접 난도 두 개 사고도 아쉬움이 남는다
꽃이 예쁘면 향기가 없고
향기가 좋으면 꽃이 덜 예쁘고
둘 다 가진 것은 없구나
이것저것 사다 보니
한 수레가 꽉 차고 마음도 만족으로 꽉 찬다
모처럼 부부가 함께 시장 나들이
장난감 사 들고 오는 아이들 기분같이
신나는 하루였네
나이 더 먹으면 그때 그 시절이 좋았다고
햇살 좋은 양지쪽에 앉아
두 노인이 회상하는 날이 때가 되면
이쁜 모습으로 찾아오겠지

2024. 3. 10.

세 월

따뜻한 봄빛 햇살이
프라이팬에 생선 굽듯
흙을 구워 대면
삼보 나왔던 봄바람이 탈까 봐
살랑살랑 뒤집어 준다
장끼는 까투리를 찾아
산 넘어서도 들릴 만큼
큰 소리로 불러서 야단이고
덩달아 한낮인데도
고라니도 짝을 찾아 산골짜기가 깨질 만큼
큰 소리로 이름을 불러댄다
산 넘어 강나루에서 시작한 매화꽃 망울은
산등성이 넘어 내가 있는 곳까지
봄꽃 소식을 전하면
그 봄꽃 소식은 바람에 연을 띄운 듯
윗동네까지 전달되고
그 빠르기에 기러기 도망가기 바쁘다
봄날이 바쁘게 하루하루를 접어가면
흰 머리칼이 힘없이 하나, 둘 빠지고
머리칼이 빠져나간 얼굴에
주름살은 깊어지고 깊어진 주름살에
나이가 세월을 메꾼다

2024. 3. 11.

이별의 핑계

삶이 바쁘다는 이유로
모처럼 만남을 가진다
매일 같이 만나 밥도 먹고
술도 먹고 놀이도 같이해야
먼지 쌓이듯 날짜가 숫자를 헤아려 가듯이
정도 쌓여 갈 텐데
자주 못 만난 시간만큼
사랑은 멀리 나 앉아 있고
사랑에 마음 표시는
입 밖으로 말로 안 나오고
가슴속으로 숨어들어 글이 되어 버린다
지키려고 노력 없는 사랑은
모래알이 물에 쓸려가듯
모인 구름이 비가 되어 내리지 못하고
서서히 흩어지듯 그림자만 남겨두고
홀로 떠나버린 관계
이별 같지 않은 이별에
만남의 이유가 어이없고
만남이 의미가 없어 인연에 매듭이 느슨해진다
한순간에 호감이
사랑에 착각을 불러온 신기루였나

사랑을 간절히 바라다 나 홀로 꾼 봄날의 꿈이었나
그것이 궁금하네
예전에 그대를 만났을 때
나를 향해 뛰어오는 그대의 심장 뜀박질에
발자국 소리가 귓속을 가득 채웠고
반짝이는 그대의 반가운 눈빛은
햇살 쏟아지듯 내 가슴으로 쏟아져 들어와
눈이 부셨는데
오늘 만남은 소 닭 쳐다보는 듯한 그대의 눈빛에서
말하지 않아도 이별에 순간이
가까이 왔음을 알 수가 있네
만남에 가슴이 꿍꽝거림이 없다면
그것은 사랑이 아니라는 걸 알았네
호감은 타인처럼 밋밋한 끌림이란 걸
눈치로 알겠더라
남을 대하듯 성의 없는 평범한 대화는
사랑이 떠나가고
마음이 지키는 빈 둥지라는 것
느낌으로 알겠더라
마음이 사랑에 목을 맨 기다림에
지쳐 이별에 노래를 부르는 줄 몰랐네

때를 놓친 시간이 아쉬워

팔자타령 운명 타령

노래를 불러 봐도 마음에 이해는 어렵고

그 흔한 미련에 호소해

다시 한번 말해 보고 싶지만

이미 늦었다는 것 알기에

내 마음이 더 큰 상처에 실망 안 하게

그대가 물러난 발걸음만큼 조용히 물러선다

아름다운 기적은 노랫말에만 있는 바램이고

마음에 상처는 아문다고 해도 흉터는 크게 남는다

식어버린 당신 마음 잘 알겠네

실망한 마음을 위로해 마시는 커피 한 잔은

고뇌만큼 쓴맛을 낸다

2024. 3. 13.

아쉬움

해 저문 저녁 하늘에
노을빛을 꼬리 잡은 먹구름은
한바탕 놀아 볼 심산으로 서쪽 산에 올라서고
마을을 지키는 키가 큰 가로등 불이
릴레이 달리기를 하듯 하나둘 순서대로 켜진다
초저녁이라 하늘에 걸린 초승달은
별 하나 손잡고 구름 속으로 숨었다 나왔다
장난을 즐기고 눈썹같이 이쁜 초승달을 보니
어릴 적 내 누이가 생각나네
훈련병 보초 서듯 어둠을 지키고 있노라면
온 갖가지 생각들이 자기 집 문턱 들락날락하듯
헤아릴 수도 없을 만큼 많이 왔다리 갔다리를 하며
낙서하는데 유독 한 생각만이
아쉬움으로 이쁜 그림을 그린다
어제 우연히 만난 이름도 사는 곳도 모르는
젊은 여인의 모습이 자꾸 웃어준다
이렇게 아쉬움으로 목을 맬 줄 알았다면
전화번호라도 물어
한 번쯤 데이트 신청이라도 해 보는 건데
아쉬움이 자꾸 피리를 불어댄다

2024. 3. 12.

깨 침

밤은 깊고 깊어
어디로 가는 줄 모르겠고
밤비는 토닥토닥 낙숫물 소리를 내며
등불처럼 홀로 선 마음에 때를 씻어낸다
삶에 그림자 화두처럼 언제나
내 마음에 붙어 다니는
삶에 이유의 물음표가
내 감정 동냥에 그릇을 내밀고 서있다
딱 한 번 맛보면 되는 깨침의 느낌을 위해
오늘도 수많은 방법을 동원해
마음에 조각들을 맞추어 보지만
얼음 얼 듯 마음이 한 덩어리로
안 얼어붙고 마음에 여유만큼 욕심에
빈 공간을 둔다
아직은 욕심이 삶에 이유인지 알 수는 없지만
삶에 고난이 알려주는
진실에 비밀이야기는
금맥처럼 가늘게 이어지고
수많은 시간을 캐내어야만
가질 수 있는 보물이 깨침이란 걸
이제사 어렴풋이 알겠네

2024. 3. 13.

봄에 느끼는 생각

오늘도 시간은
자전거 페달을 밟아 돌리듯
열심히 시곗바늘을 돌리고
누구의 편도 아닌
공정한 심판을 본다
권력을 쥔 머무는 겨울과
다수의 민중이 데모하듯
밀고 올라오는 봄 날씨가
씨름을 한다
엎치락뒤치락 밤낮으로
승부는 갈리고
눈치 빠른 꽃은 향기로
제 편을 응원하고
기러기는 큰 날갯짓으로
응원에 손뼉을 친다
이해관계에 따라
그 무리에 수는 늘었다 줄었다
고무줄 놀이를 하는구나
나도 따뜻한 봄이 좋아
그와 한편이 되지만
눈길은 자꾸 뒤를 돌아본다

자꾸만 앞으로 내달리는 가는 세월은
내 몸 위에 눌러앉아
그 무게에 몸은 힘들어 간다
모두 다 가질 수 없는 세상이기에
돌아오는 봄이 좋으면서도
서운한 계절이구나

2024. 3. 14.

생각이 부르는 노래

밤은 깊고 깊어 가
등불마저
하나둘 꽃잎 떨어지듯 져가고
내 머릿속은
아직도 용광로 속 화로가 되어
엿가락 같은 생각을
거미줄 뽑아내듯 쉼 없이 뽑아내고
도둑고양이처럼
슬금슬금 모여든
봄비 기운을 머금은 구름은
하늘을 꽉 채우고
초롱초롱한 별빛에 눈치를 본다
가지 말자고 해도
마음은 가자고 조르고
마음에 문을 닫고 담지 않으려
비우고 또 비워도
자라나듯이 솟아나듯이
너 생각이 내 생각 속을 꽉 채운다
잊고자 했는데 잊으려고 억지로 너 생각을
가로막고 멀리 달아났는데
달빛에 소금이 익어가듯 내 마음은

너 생각에 소금에 절여놓은 듯이
변함이 없구나
하늘에 뜻이라며 인연을 불쑥 내민다
아니라고 몰래 그 길 돌아가 보지만
삼거리 길에 홀로 서고
그 길을 한참 가다 보니
그 길이 그 길이란 걸 알았네
가는 길 멈춤도 그렇게 돌아가기도 난감하고
어쩔 수 없이 세월에 떠밀려 가는 것이 사랑이더라
삶에 멋진 놈 되어보려고 센 척 잘난 척해봐도
작은 밑천은 금방 떨어지고
늘 그대 앞에 서면 가난한 사람이 되어
사랑에게 동냥 그릇을 내민다

2024. 3. 15.

살아보니 후회만 남더라

인생은 생의 역에서 출발해
이제는 늙음의 환갑 진갑역 지나가고 나니
다음 역은 병이라네
병원역은 정기 노선이 되어
수시로 쥐구멍 쥐 드나들 듯이 자주 드나든다
가기 싫어 도망쳐 봐도
막대사탕을 쥐고 있는 어른같이
조용히 부른다
통증이 내 이름을 부르면
법정에 선 죄인같이 온갖 죄목으로 발가벗겨지고
때늦은 후회로 지나온 세월로 되돌려 보려고
죽을 힘 다 써보지만 지은 죄 용서가 없고
그 대가를 묵묵히 지불할 수밖에 없다
또다시 젊음으로 한 수 물러달라고
세월 바짓가랑이 잡고 늘어져 애걸복걸해 봐도
세월은 일방통행이라며 눈썹 하나 까닥 안 한다
그럼 다음 역은 어디냐고 물으니
종점인 죽음에 역이란다
종점에서 내려 한평생 노역의 대가
집으로 돌아갈 때 금은보화 싸 갈 보따리 챙겨보니
이 세상에 있는 물건 아무것도 통관 안 시켜주고

국경선 초소에서 몰수란다
한평생 욕심부려 할 짓 못 할 짓 다해서
모으고 이룬 내 땅 내가 밥 떠먹던 숟가락
한 자루조차 못 가져간단다
이 긴 세월 동안 난 무엇을 위해 일생을 다 바쳐 왔던가?
무엇이 중요한지도 모르고 철없이 살아온
바보 같은 세월이 원통하고 억울하네
이럴 줄 진작 알았다면 세상 욕심놀이에
중독되어 헤어 나오지 못하고
일에 노예가 되어 울고 웃던 날들이
아무 소용없다는 것을 제일 먼저 알았다면
지금처럼 아쉬운 속 쓰림에
허둥지둥 안 거리고
많이 양보하고 인심 쓰고 살았다면
이 억울함 없었을 텐데
그때는 왜 그 깨침에
수많은 말과 글을 알면서도 듣고서도
애써 외면하고 살았던가?
후회가 되는구나

2024. 3. 15.

봄기운이 오르면

삼월에 햇살은 땅속 개구리가
눈을 뜰만큼 따사롭다
햇살 한가득 실은 봄기운이
뒷산 소나무 손을 잡아 주면
푸른 솔에 핏기가 돌고
목련 꽃망울은 참새 새끼처럼
꽃잎을 벌리려고 하루 종일 조잘거린다
봄 향기는 쑥을 캐는 아낙네 바구니에 담겨
집으로 함께 들어오고
겨우내 녹이 슨 농부의 괭이는 땅을 파고 고르는 사이
흙에 갈아져 햇살이랑 쌍벽을 이루어 반짝거린다
가슴 한가득 담아주는 이 기운은
봄꿈이 심어주는 의욕의 선물인가?
어디론가 무엇인가를 찾아
쏜살같이 내달리는 참새들 무리 따라
나도 뒤질세라 아무런 목적도 의미도 없이
무작정 내달리고 보는 내 마음은
딱 봄의 마술에 걸려든 왕자
푸름이 짙어 오는 들판을
숨이 차도록 내달린다

2024. 3. 16.

좋은 인간관계

천지가 조화롭게 수천 년을 이어와도
아무 탈 없이 평화로운 것은
질서 정연하고 믿음의 원칙이
상호작용의 존중에 배려 때문이다
아침에 눈만 뜨면 안부를 나누던 사람이
해가 서산나뭇가지에 걸려 넘어가자고
애쓰던 시간에서 연락이 온 사람
보고픔이 삶의 우선순위에서 다 밀리고
이러다가 하룻밤 더 자고 나면
소 닭 쳐다보듯 관심 밖으로 사라지겠다
무시를 당한 마음은 문을 닫고
마음에 힘겨루기를 시작한다
힘겨루기는 승자와 패자를 남기고
감정에 칼질을 당하면
예쁜 마음은 사라지고
물과 기름같이 한 그릇에 담겨있어도
따로따로 분리되는 것이다
사랑할수록 가까울수록 예의와 존중이 필요하다
예의와 존중은 두 마음을 하나로 묶는
예술의 인간관계다

2024. 3. 16.

봄날의 청춘들

파도마저 숨 죽인 바닷물결에
씻어 놓은 모래알도
있는 듯 없는 듯이
조용히 귀 기울인다
먼 곳에서 보일 듯 말 듯 한
쌀알 한 톨만큼 작은 점이
돋보기로 가까이 본 듯이
자꾸 커져오는 배
하얀 물거품을
힘차게 밀어내며 달려온다
봄을 한 배 싣고 와
항구에 풀어놓으면
봄바람은 오색 꽃가루를 잘 저어
허공으로 휙휙 뿌리면
봄 가루는 바람을 타고
잘도 퍼져 나아간다
사랑을 고백 못 해 애간장이 붉게 타는 마음은
동백꽃으로 숨어들고
낭만을 즐기는 총각마음은 여유로운
개나리꽃으로 들어가고
마음에 얽매임이 없는 무심한 마음은

백지로 목련꽃 속으로 물들어간다
봄이 부르는 노래는 천차만별이다
세상만물이 자기 모양대로 표현하는
청춘에 노래는 시작되고
지난해 까치가 살다가
이사 가고 떠난 나무둥지는
비바람 햇살에 삭아
그 모습 볼품없어도
햇살이 알려주는 비밀이야기에
고목나무는 봄기운을 배급받아
새싹이 고운 푸름을
하루 이틀 세월에 색을 덧입혀 가고
젊은 청춘도 때를 맞추어
시집 장가를 간다
한 세대가 끝나기 전에
또 한 세대를 이어 묵은 가지에서
새싹이 돋아 삶을 이어가듯이
사랑은 사랑으로 이어져
사람 사는 세상을
이쁘게 꾸며 가는구나

2024. 3. 17.

삼월에 결혼

봄날 아지랑이는 꽃길을 열고
아침 안개는 땅에 소원을 적어
하늘에 그 뜻을 알린다
빈 하늘에 학은 양 날개를 쫙 편 채로
바람에 몸을 맡기고 그 뜻을 묻는다
바람이 부는 대로 날리고
연을 날리듯 하늘에 그림을 붙여 놓은 듯 여유롭다
목련꽃 개나리꽃은 꽃잎을 활짝 펴고
마음에 티끌 하나 감춤이 없다
보이지도 않고 알려주지도 않는 길을
두 손을 꽉 잡고 헤쳐 나아가는 길을
인연에 길이라 말한다
달빛에 기러기가 물어주는 청실에
햇살이 물든 홍실을 원앙새가 물어주면
곱고 야무지게 엮여가는 줄이 인연 줄이다
인연 줄은 보이지 않지만 생명 줄보다 더 질기게
세상 끝까지 함께 이어진다
알게 모르게 이끌림에 이끌려
너도나도 앞길은 잘 모르지만
인연은 제 갈 길을 찾아
바람에 돛 단 듯이 술술 잘 풀려 잘도 찾아간다

만남과 만남이 결실을 이루는 결혼
신랑이 걷는 한 걸음 신부가 걷는 한 걸음
마주 손잡고 걷는 한걸음에 실린 마음은
일심동체일까? 동상이몽일까?
축하객의 바램은 부부 한마음으로
곱게 늙어 갔으면 좋겠네

2024. 3. 17.

사랑에 대한 그리움

어제는 개미가 물어 가고
오늘은 새벽안개가 다리 놓아준
아침햇살이 건너와 하루가 시작되면
작은 참새 두 마리 미주알고주알
간밤 꿈 이야기를 시작하고
그 이야기 소리에 궁금해
살포시 눈을 뜨고 일어나
참새 이야기를 들으니 당신 생각이 난다
시도 때도 없이 불쑥 생각나는 당신
이 생각을 보고픔이라고 부르고 싶다
전화를 해 너를 만나
봄 햇살이 개구쟁이 어린아이를
뜀박질시키는 공원에 놀러 가
붉은 동백도 보고 노란 개나리꽃
분홍빛 진달래꽃도 바라보고
인연을 찾아 이 꽃잎에도 앉아보고
저 꽃잎에도 앉아
벌, 나비가 꽃이 말하는 향기를 맛보는구나
봄빛이 내 마음을 얻으려 아이들 어르고 달래듯이
이 모습 저 모습으로 아무리 애교를 부려도
내 눈에는 당신 모습밖에 안 보인다

따뜻한 봄 햇살이 밑천이 다 드러나도록 꼬드겨도
내 마음은 일편단심 당신에게로 향하고
신기하게도 당신이 행복해 웃는 웃음꽃만 보이고
봄이 왔다고 만물이 흥청망청하며 떠들어도
내 귀에는 고운 새가 속삭이듯
당신 목소리밖에 안 들리더라
사랑 사랑 그 사랑 그 누가 말했나?
당신과 나와 봄날에 만남은
행복 바로 그 사랑이었어
사랑을 한 가슴 가득 안고
집으로 돌아오니
세상천지가 기쁨으로 도배하고
마음에 욕심은 더 바램은 없는데
콩알만큼 작은 생각에 씨가 자란다
같이 있고 싶다
또 보고 싶은 것은
사랑에 대한 그리움이다

2024. 3. 19.

봄이 부르는 노래

봄이란 계절은
새벽 별빛마저 부드럽다
때가 되어 살살 익어가는 땅 기운은
땀이 맺혀 그 열기가 실안개로 피어오르고
어디로 갈까 두리번거리는 실안개를
꽃은 향기로 유혹해
꽃잎 속에 이슬로 스며들게 하고
이른 아침부터 벌, 나비는 꿍심을 가지고
이 꽃 저 꽃을 옮겨 앉아가며 간을 본다
나비처럼 청춘에 낭만을 아는 예술가인지
일속에서 행복을 캐는 광부인지
나는 모르겠네
오늘 아침에도 봄날은
하루 패를 열심히 돌린다
복불복으로 오늘 패는
광땡인지 장땡인지 몰라도
어디 한번 노름패를 뒤벼보자

2024. 3. 19.

청춘에 봄빛

따뜻한 봄 햇살에 꽃이랑 벌, 나비가
사이좋게 잘 놀더라
그 모습 마음으로 닮고 싶어 상춘객 나들이 잦아지고
좋은 꼴 못 보는 심술쟁이 꽃샘추위는
어젯밤에는 심술이 발동해 찬바람을 몰고 와
봄이 숨은 곳을 찾아 밤이 다 지새도록 찬바람이
세상을 다 훑고 지나갔다
차 유리창에는 흙바람이 놀다 간
발자국이 어지럽게 찍혀있고
매화 꽃나무 아래서 계절이 전쟁을 치른 듯이
꽃잎이 포탄처럼 어지럽게 흩어져 있고
모두 다 떠난 주막집같이 썰렁하다
봄바람에 장독 깨진다고 하더니
봄바람이 무섭긴 무섭네
아침부터 까치가 요란스럽게 운다
봄바람 돌풍에 살림집 다 부서졌다고
어디 가서 재난 구호금 신청하느냐고 울어대고
우당탕 말도 많고 탈도 많은
우여곡절 끝에도 봄은 소리 없이
세월을 밀어내고 있다
햇살 따뜻한 오늘은 마음 놓고
청춘에 봄빛을 즐기고 싶다

2024. 3. 20.

봄날에 행복

봄 햇살은 아무런 신호도 보내지 않는다
하늘에 달빛도 별빛도 어제 그 하늘이다
바다 파도를 타고 온 남국에 바람은
남국에 유행이라며 패션을 선보이고
너도나도 따라
꽃봉오리를 뽑아 올린다
새싹이 제비 새끼 모양 입을 삐죽 내밀고
제 먼저라고 외친다
털갈이를 한 참새 등짝을 보니
어느 것이 어미이고
어느 것이 새끼인 줄 모르겠네
봄 햇살은 늙음도
젊은 청춘으로 바꾸어 주는
만물에 마술사인가 보다
나도 봄 햇살에 귓속말로 살짝 부탁해
좋아서 입이 찢어질 만큼
행복하게 웃어볼까?

2024. 3. 21.

봄나들이

햇살은 청춘에 맛을 오늘도
슬쩍슬쩍 맛보기만 보여준다
만물이 춘심으로 흥이 날까? 말까? 들뜨면
들을 가로질러 나그네 주막집 찾아들 듯
서산을 기웃거리면 봄은
꽃잎을 물고 산등성이를 넘는다
얼음물 녹은 시냇물은 종달새가 소풍과
술래잡기 놀이를 즐기는
하얀 모래밭을 돌고 돌아
큰 강에 피라미를 부르러 가고
올해도 물오리 떼가 언제쯤 찾아줄는지
하루하루 기대 찬 설렘으로 기다리는
수양버들은 님 만나러 가는 아가씨 멋 부리듯
윤기 나는 머리카락을 강물에 씻어
봄바람에 살랑살랑거리면
그 풍경에 낭만을 꿈꾸는 청춘남녀
벌 나비가 꽃을 찾듯
봄빛이 그리운 사람들
다 불러 모으겠다

2024. 3. 22.

봄날의 시샘

설익은 봄빛의 유혹에
작년에도 못 이룬 꿈
올해는 꼭 이루고 싶어
남들보다 일찍 일을 시작하더니
꽃샘추위에 또 낚여버린 목련꽃은
마지막 겨울 잔치 찬 서리 마당극 놀이에
탈탈 털려 빈 꽃봉오리만 들고 넋을 잃고
허수아비 모양 허탈하게 서 있고
참새 떼들이 몰려와 위로를 하는지
탓을 하는지 뭐라 뭐라 조잘대고
무관심한 태양은 세상이 야단법석을
떨어도 모른 척 어제 하던 일을 계속한다
하룻밤 꽃샘추위에 수많은 꿈과
희망이 무너져 내려도
세상은 자기 일이 아니면 관심도 안 두고
자기 일에만 신경 쓴다
햇살이 창문을 열고
나까지 나오라 손짓하네
봄빛이 따스함을 생색내는 계절
나도 목련꽃 신세가 될는지
동백꽃 신세가 될는지
봄 햇살 맛보러 마당에 나서 봐야겠다

2024. 3. 22.

봄비는 오는데

하늘과 땅 사이에 온기가 감도니 두터운 겨울옷 벗어 놓고
꽃잎만큼 가벼운 옷을 입고 들길 따라 봄나들이 나서면
기분 좋은 풍경들이 마음에 종을 울린다
글을 읽듯 나뭇가지 따라 꽃은 줄줄이 피어나고
학동들 서당 가듯 벌, 나비 하나, 둘
꽃잎에 달라붙는다
봄바람은 수양버들 가지에 매달려 그네를 타고
가슴에 담긴 노래를 한다
장단이라도 맞추듯 딱따구리가
신명 나게 나무 북을 두드리면
메아리 소리가 산골짜기를 깨우고
이쁜 처녀를 만났을 때 총각 얼굴 붉어지듯
봄기운이 충만한 솔잎은 푸름으로 달아오르고
불이 붙은 듯 산등성이 진달래는
활짝 타올라 산 넘어 봄을 전한다
보이지 않는 산속 숲에서 이름 모를
작은 새들이 살기 좋은 동네라도
만드는지 분답하다
흐린 하늘에는 비가 한두 방울
내렸다 그쳤다를 반복하며
농부에 일손을 재촉한다

2024. 3. 24.

아름다운 이별

아침부터 하늘은 번지수도 주소도 모를 만큼
흰 구름 먹구름으로 짙어지더니
늦은 밤부터 밤비는 토닥토닥 날 찾아
걸어오는 발자국 소리를 내고
잠 못 이루는 내 머릿속은
좋은 인연의 매듭이 풀려
이별하고 온 아름다운 너의 모습을
하나하나 스케치한다
좋았던 날들은 이쁜 추억으로 남고
보고픔은 그리움에 탑을 쌓는다
그 높이가 하늘까지 닿으면
기쁨에 재회를 가지겠지
내일 만날 수 있는 사람은 기다렸다 내일 보면 된다
이별하고 떠난 사람은 내일 볼 수도 만날 수도 없다
떠난 임이 남긴 그림자는 추억 속에 회상뿐이다
못 보는 사람은 그리움이 쌓이고
볼 수 있는 사람은 정이 쌓인다
쏜 화살처럼 순식간에 지나가는 시간
그 세월 틈 사이에 마음에 공간은 간격이 크다
봄비에 기운 얻은 풀잎은 이 밤을 지새우고 나면
훌쩍 크고 성숙 되겠지만

잠깐 너를 떠나보낸 일은
이별도 슬픔도 아니고 아픔도 아닌
봄비 맞은 풀잎처럼 삶이 커가는 성장통쯤 되겠지만
인생은 고난만큼 생각이 간이 배이고
고난이 내 삶에 몫을 챙겨가는 만큼
내 삶은 진실에 가까이 다가서고
깨침에 한 줄기 빛은
내 인생을 참으로 이끈다

2024. 3. 25.

삶의 의미

개구리에 기도문이 하늘에 통했는지
느긋하게 온종일 봄비가 온다
장독대 옆 화분 난꽃이
빗방울을 꽃잎에 물고 서 있고
만사가 귀찮은지 도통을 했는지
마당 개는 수도승같이 가만히 엎드려
눈만 깜박거리며 살아 있음을 증명한다
하루 종일 봄비는 말없이 묵묵히 내리면
고삐에 매인 송아지처럼 지루해 발광이 난다
이 마음을 잘 다스릴 줄 알아야
삶이 성숙 되었다고 할 것인데
비 맞은 노루 들판 뛰어다니듯
마음은 하늘과 땅을 찾는다
핀 꽃잎은 빗물에 지고
꽃봉오리는 빗물에 씻은 듯 깔끔하게 피어난다
시간은 만남과 이별의 교차점
오늘도 이 교차점에서
수많은 인연이 매듭을
맺고 풀고 바쁜 연습을 거듭하지만
삶은 늘 실수를 통해 배워가고 성장해 간다
하루 더 살고 보면 배움의 두께는 더 두툼해지고

살면 살아온 날 수만큼 이력이 늘어난다
세월은 그냥 가지 않는다
살면서 겪은 일 배운 일 일일이 기록해
생에 마지막 날 성적표로
삶에 의미를 알려준다

2024. 3. 26.

봄날 알레르기

미세먼지가 안경에 김 서리듯
동서남북 구분 없는 뿌연 날들이
몇 날 며칠을 산과 들을 차지해서 불편했는데
오후부터 미세먼지 씻을 요량으로
하늘에서 장구를 치듯 북을 치듯
굵은 봄비가 내린다
봄비를 맞은 매화 꽃잎은
누렇게 멍이 들어 떨어지고
눈치 빠른 개미가 그것을 물고 가
집 짓는데 서까래로 쓸 요량으로
대문밖에 세워 두면
그 옆에 세 들어 사는 민들레가
기쁜 마음으로 꽃송이를 손에 들고
빼꼼히 고개를 들면
신기한 세상일이 궁금해
불어오는 봄바람을 부여잡고
산 넘어 동네에 사는
봄 처녀 총각 사랑이야기 해 달라고 조르고
도깨비방망이 두드리듯
신통방통한 봄날 하루하루가 아름다움으로
빈자리를 구색 맞추어 채워간다

덩달아 벚꽃, 진달래, 개나리가
꽃잎을 활짝 피우고 장난질하며 놀고 있을 때
모래밭에 종달새 산밭에 장끼와 까투리 사랑놀이가
흥으로 바뀌고 어깨춤이 절로 들썩거린다
이 좋은 계절 공짜는 없다고
나는 계절 알레르기로 좋은 시절을
함께하는 대가를 치른다

2024. 3. 27.

비 오는 날에 고독

봄비는 촉촉이 땅을 적시며
씨앗들을 깨워 일으킨다
땅을 적신 봄비는 내 마음마저
흠뻑 적시고 들어와
고독에 싹을 틔운다
가던 길 잠시 멈추어 서 있을 뿐인데
왜 이리도 마음이 심란할까?
다른 사람들은 비 오는 날을 어떻게 보낼까?
습관처럼 창고로 올라가
커피 한 잔 태워 놓고 있으면
혼자 마시는 커피는 궁상맞다고
모닝커피 같이 한잔하자고
늘 찾아들던 참새 소리도 안 들리고
비가 와서 노가다 못 간다고
같이 늦잠을 즐기는지 알 수가 없고
이런 날 참새는 무슨 생각
무슨 일하며 시간을 보내는 줄 모르겠네
시간이 지겨워 사람들이 그리워
우산을 쓰고 빗물이 흐르는 거리를
무작정 걷고 있는 내 모습을 보니
역시나 나도 사람 사는 틀에 못 벗어나고
인간 사회 속에 작은 퍼즐에 한 조각이구나

2024. 3. 28.

삶의 의미 2

흙더미 삽질해 퍼내듯
따뜻한 봄 햇살이 시간을 걷어내니
세상에는 꽃이 천지 삐까리다
꽃 모양에 따라 이름이 정해지고
이쁘고 좋은 향기에 따라 밥그릇이 정해지는구나
세월이 무정 타 해도 만물 하나하나를 빠짐없이
이름 다 불러주고 가는 길 갈 때까지 다 데리고 간다
참새의 아침 노래로 하루가 열리고
산비둘기 날개 끝에 어둠이 묻어오면
하루의 일생은 끝나지만
하루의 삶 속에 생로병사 오욕칠정
희로애락의 카드가 주어지고
무슨 패를 뽑아야 기분 좋고 행복할까?
삶은 경험이고 배움이기에 어느 패를 뽑아도
욕심이 후회를 부르지만
후회하는 패를 뽑아도 밑지는 장사는 없나
왜냐면 인생은 실수와 실패를 통해
야무진 배움을 얻기 때문이다
그래서 삶이 아무리 힘들어도
살아갈 만한 가치가 있는 것이다

2024. 3. 30.

알고 모르고 차이

세상의 고요 속에 앉아있다
아무것도 보지 않고
아무것도 듣지 않는다
마음 바닥에서 뒤집고 올라오는
욕망에 괴물도 단칼에 잘라버리고
화려한 꽃을 피웠다
때가 지나면 순식간에 떨쳐버리듯
나라는 존재도 있어도 없는 듯이 무시해 버린다
수많은 상상의 파도가 끈질기게 넘어서려 해도
한순간에 의미를 두지 않으면 의미 없이 지나가 버린다
모든 것을 놓아 버리고 나면
처음이나 끝이나 아무것도 없다
아무것도 없는 분간할 수 없는 것
모든 만물이 다 녹아있어
뭐라고 부를 수 없는 이름
이것을 아는 데 일생을 소비하고 산다
아무것도 없는데 그 무엇이 걸림돌이 되고
그 무엇을 마음에 올가미로 걸어둘래?
고단한 삶 평온한 삶
그 차이는 알고 모르고 차이고
그 결과는 지옥과 천국으로 나눈다

마음에 벽을 허물자
세상을 나 자신 속에 가두지 말자
내 것도 아닌데
내 것인 줄 아는 착각에 마음을 버리자
저 산에 걸린 해가
산 넘어가기 전에

2024. 3. 30.

충만한 봄기운

커피 한 잔을 입에 물고
봄 햇살이 자꾸 불러 마당에 나서면
우리 집 마당 개는 용꿈이라도 꾸었는지
깡충거리며 꼬리를 흔들고
기분 좋아 까불까불거린다
봄기운에 힘이 오른 수탉은
제 잘났다고 하늘을 향해
진주 난봉가 한 자락을 읊조리니
뒷산 장끼는 어림없는 소리 하지 말라고
엄포를 놓는다
나뭇가지에는 어제 없던 새싹이
참새 새끼 조잘대듯 입을 삐죽 내밀고
내 눈길을 구걸한다
뒷산 마루 앞산 옆산 할 것 없이
잔치 마당에 손님 모여들 듯이
여기저기 선 봄꽃들은 기회를 잡은 포수처럼
꽃잎을 모두 다 활짝 피우고
세상 그 무엇도 다 좋다 하고 부르니
벌, 나비, 사람까지 다 모여든다
일 년 삼백육십오일 중에
어쩌면 오늘이 가장 화려한 날인 줄도 모르겠네

따뜻한 봄날이 권하는 눈요기에
정신이 혼미해져
이게 살아있는 현재의 세상일인지
죽어서 보는 세상일인지 모를 만큼
세상만물들이 기분 좋은 기운을
이 땅에 뿌리고 있네!

2024. 3. 30.

돌미나리

봄기운이 꽉 찬 산하에
봄비가 푸근히 내린 다음 날
만산에 분홍빛 벚꽃은
구름을 잡아 다 말뚝에 매어 놓은 듯이
뭉실뭉실 피어 서 있고
나무뿌리 풀뿌리를 넘어선 산골짜기 물은
이 골짝 저 골짝 물들을 모아
여행 가자고 불러 모은다
여행 간다고 한곳에 모인 골짝 물은
시냇물이 되어 맑은 모래알을
공놀이하듯 굴리고 굴러가는데
모래알이 먹이인 줄 알고
큰 강에서 올라오는
물정 모르는 피라미무리들은
좋아서 꼬리 춤에 엉덩이를 흔들어 대는구나
물기운을 받은 봄 미나리는 힘차게 돋아나
반갑다고 여기서도 저기서도 손을 흔들고
밀려오는 새 물결에 인사하기 바쁘다
지난가을 잎에서 새봄에 올라온 새싹들이
햇살을 받아 녹색 광택을 내고
미나리의 하룻밤 길이는 기차 길이보다

더 긴지 자고 나니 물속에서
빽빽이 줄지어 서서 고개를 내민다
이것을 본 봄 아낙네는
임을 본 듯이 반갑게 달려가 미나리를 캔다
점심때 부드러운 돌미나리에
비빔밥 한 그릇이면 진수성찬이 안 부럽겠지

2024. 3. 30.

손자의 전화

전화벨이 나를 찾는다
일에 열중하다 보니
오는 전화 무시한다
흙 묻은 손으로 전화 받기 싫다
나중에 여유 있을 때 발신자 확인해
필요하면 내가 하면 되지 뭐
이렇게 가벼운 마음을 먹는다
그래도 전화벨이 울린다
필요한 전화인가?
궁금증이 속을 뒤집어 놓는다
딱히 어디서 전화 올 때가 없는데
보이스피싱인가?
모르는 것이 약이라 생각하다
하도 전화가 오랫동안 울려
퉁명한 목소리로 전화를 받는다
손자란다
그 소리 듣자마자
목소리는 꾀꼬리가 노래하듯
구슬이 쟁반에 구르듯
목소리는 반가움으로 벅차
버선발로 마중 가고

입은 지게 바자리 벌어지듯
함박웃음이 봇물 터지듯
쏟아진다
그 어디서 이런 웃음이 감추어져 있었는지
나도 몰라
사람 마음 참 희한하다
이렇게 호불호가 선명하니
지금 기분 같아서는 백 살 먹어도
안경 보청기 안 해도 되겠다
혈육이 무엇인지
세대를 뛰어넘는 사랑
본능적인 이끌림은 만사에 우선으로 작용해
천륜이라 이름 지어지고
지상에 최고의 가치를 부여한다
자자손손으로 이어져도 그 뜻과 우선순위는
변하지 않는다

2024. 3. 31.

한탄가

봄 햇살은 청춘이라고
오늘도 한 번 놀아보자고
흥을 돋우고 있다
전깃줄에 비둘기 한 마리
홀로 앉아 있다
누굴 기다리고 있는지
같이 놀 친구가 없는지 모르겠지만
홀로 앉은 그 모습은
세월과 안 어울리네
산과 들에 꽃은 만발로 피어나
하루해가 짧다고 야단인데
산비둘기야 이 좋은 시절에
홀로가 웬 말인가?
가는 길이 멀어서 잠시 쉬어감은 괜찮은데
나처럼 나이 들어 오고 갈 곳이 없어
시간이 지겨워 어서 가자고 손짓하는 내 모습
세상 즐거움과 멀어져 있음은 아닌지
동병상련으로 마음이 짠해지네
지나고 보면 알 수 있었네만
해마다 꽃이 피니 그 젊음이
영원할 줄 알았고

다른 사람은 그래도
나만은 안 늙을 줄 알았네
모든 일 또한 내 뜻대로 되는 줄 알았네
세월이 흘러 나이가 시간에 장벽을
살아온 햇수만큼 높게 쌓으니
되는 일보다 안 되는 일이 자꾸 많아지고
만나서 걸리면 자빠지고 부딪히면 깨지고
만사에 일들이 허락받아야 할 수 있더라
세상 만물이 봄빛에 흥청망청
시간 가는 줄 모르는데
나 혼자 소외된 이 현상은 무엇일꼬
지는 꽃잎처럼 한물간 인생살이 서글프다
무엇이 슬프다 해도 나이 들고 병들면
모든 일이 헛사이고
고무신 닳듯 알뜰살뜰 살아온
인생이 허무하구나

2024. 4. 1.

새벽 명상

시계는 숫자를 헤아리고
나는 오늘 입고 나갈 옷 고르듯
생각을 거른다
연인으로 갈까? 친구로 갈까?
세상살이를 함께하려면
내 사회생활 울타리 이웃이 필요하고
이웃은 서로 도움 주고 도움을 받는다
좋은 관계는 예의에서 출발하고
그 선을 지킴이 영원한 좋은 관계로 이어진다
꽃이 핀다고 핀 꽃이 모두 다 열매가 되지 않는다
크고 작은 노력을 더 할 때
비로소 만들어지는 것이 인연이다
숙성된 술맛이 좋듯 오래된 인연은 편안하다
시간은 어둠을 목수 대패질에 깎여 가듯 엷어지고
밤새도록 달빛 별빛이 쌓여서인지
문창호지 넘어 햇살이 스며들듯
희미한 밝음은 산 넘어오고 있는 듯하고
새벽잠 안 올 때 생각 속으로 파고드는
수많은 생각들을 채로 돌 고르듯
옳은 생각 그른 생각 골라내면
바른 인간으로 설 수 있는 것

한숨 자고 나 잠 안 오는 새벽 명상은
품격을 잃어가는 노인의 삶을
아름답게 지탱해 주는 감로수 같은 것
하루를 시작하기 전에 생각을 먼저 해 보고
행동으로 옮기면 생각해 본 것만큼
후회는 줄어든다

2024. 4. 2.

꽃잎은 지고

수양버들은 어린아이 봄날 소풍 가듯
자유롭게 손을 흔들며
지나가던 산비둘기 불러 세워
올해는 자기 집에서 둥지 틀고 살라고
인심을 쓰고
앞 물결은 뒷물결에 밀려오다 정체되어
멈추어 선 강 호수에
봄바람은 피라미 꼬시며
함께 파도타기 놀이를 즐기고
함물홍은 십일홍이라
한때 시간을 잘 맞추어 좋은 시절에
한껏 피어나 꽃 맵시를 자랑하던 벚꽃도
누에 뽕잎 먹듯 아래 가지부터
새싹이 꽃잎을 하나, 둘씩 밀어내고
자기가 살 곳이라며 가지 끝을 향해 달리고
밀고 들어오는 새싹을 안간힘으로
꽃잎들이 맞서 보지만
봄기운을 등에 업은 나뭇잎 기세에
꽃잎들은 바람 앞에 등불같이
소리 없이 하나, 둘 눈꽃 송이 내리듯
흰 나비가 날아가듯 이별을 말하며

유의 세계에서

무의 세계로

여행을 떠나는구나

2024. 4. 2.

봄비의 고독

가만히 방 안에 앉아
봄비 내리는 소리를 듣는다
봄비는 양철 지붕을 두드리고
땅을 두드리는 낙숫물 소리는
다른 소리를 낸다
같은 일을 하여도
그 삶에 느낌은 다른가 보다
시도 때도 없이 너 생각은
내 머릿속으로 수많은 모습으로 들락거리고
어느 모습이 진짜 너 생각인지 모르겠네
꽃은 피어 있어도
빗물에 씻긴 향기는 벌, 나비 관심 없고
때를 못 만난 인연은 끝이 허무한가 보다
솔잎 끝에 맺힌 빗방울은 갈등을 하다
마음에 결정이 나 뛰어내리면
뒤에 따라오는 빗방울이
아무 일 없다는 듯이
빈자리를 차지하고
한 방울 두 방울 끝없이 이어진
빗물에 행렬은 길을 따라
어디로 가는지 몰라도 천천히 걸어가고

나도 이 외로움 달래 줄 친구를 찾아

우산을 받쳐 들고

목적지 없는 길을 나선다

2024. 4. 3.

봄날에 꿈

사월 초 어느 날
벌이 물어다 주는 꽃향기
나비 날갯짓에 밀려오는 즐거움이
삶을 지키는 보초가 되고
벚나무는 부질없는 생각을 떨구듯
꽃잎은 가랑비같이 꽃비가 되어 내린다
떨어진 꽃잎은 화가가 그림을 그리듯
땅바닥에 꽃 점을 찍어
그리고 싶은 그림을 그려 가고
그렸다가 지우고 싶은 부분은 봄바람 미풍이
아는 둥 모르는 둥 은근슬쩍 지워버린다
겨우내 꿈만 꾸던 소나무도
굳은 결심으로 솔 순을 뽑아 올리고
희망에 꿈을 이야기한다
강물은 흐르는지 마는지 움직임은 보이지 않고
허리띠를 풀어 놓은 듯
꽃길 따라 구불구불 이어져가고
강변 수양버들 고목은 올해도 회춘에 꿈
이루어졌는지 푸른 청춘에 기운이 가득 차
봄날에 아름다움을 노래하고
발아래 갈대숲이 짙어지면

작년에 강남 갔던 물새들 돌아와
신혼살림 차리겠구나
푸른 보리 싹이 한두 뼘 자라면
장끼는 망보고 둥지 만들어 까투리알 품을 때
내 꿈도 같이 품어
봄날에 꿈 이야기 이어가게 해 주면 좋겠네

2024. 4. 4.

꽃그늘에 누워

봄 햇살은 구슬이 굴러오듯
이슬방울이 굴러오듯
포근하게 연인처럼 안겨 오고
활짝 핀 꽃그늘 아래 누워
벌들이 나누는 정담도 듣고
꽃들이 말하는 이야기도 듣는다
눈이 시리도록 푸른 창공에
왜가리는 큰 날개를 선비가 물놀이 즐기듯
천천히 노 저으면 흐르는 물결에
몸 싣고 떠나가는 꽃잎같이 자유롭네
옆집 할매는 밭두렁에 앉아
봄나물 뜯는다고 시간 가는 줄도 모르고
할배는 밭고랑 이랑을 떡장수 떡 나누듯이
반듯하게 골을 지어간다
꽃그늘 아래 누워 있으니
길 가던 산새도 날아들어
노랫소리 들려주고
오고 가는 산새들이 부르는 노랫소리는 달라도
곱고 이쁜 화음은 같구나
세상 소리 더 듣고파 살며시 눈을 감으니
꽃잎 하나 내 얼굴에 내려앉고

그 향기에 느낌은
어릴 적 엄마가 잠 못 이루고 보채는 아기
잠재울 때 다독거리는 손 울림같이
감미로워 봄날 오후
낮잠 속으로 쑥 빠져든다

2024. 4. 6.

오늘과 내일의 차이

동녘 산을 넘어오는 아침햇살은
비스듬히 비춘다
새로 돋은 풀잎은 이슬을 안고 서 있고
강둑 따라 핀 민들레는
태산이라도 메고 갈 힘 센 머슴처럼
다부지게 피어 있고
시냇물에는 벌써 봄 꽃잎들이 떨어져
오리 어미 따라 헤엄쳐 가는
오리 새끼 모양
줄줄이 앞 꽁무니만 보고
떠내려 가는 걸 보니
벌써 좋은 한 시절은 알게 모르게
세월에 강을 건너가고
꽃이 떠난 빈자리는 표시도 없이
새싹들이 청춘을 향해
달려가고 있구나
오늘이 가고 똑같은 내일에 시간은
어김없이 찾아오지만
오늘 핀 꽃은 내일 다시 볼 수 없음이
오늘과 내일의 차이다

2024. 4. 6.

욕심에 말로

따뜻한 봄날 산천 구경삼아
봄나물 뜯으러 산을 오른다
온 갖가지 꽃 새싹 산나물들이
반갑다고 여기서도 부르고
저기서도 부른다
가다 보니 쉬어 갈 만한 곳이다 싶어
자리를 잡고 앉으니
옛 무덤터네
등 뒤에 병풍을 친 듯
산으로 가려
비바람 막고
앞산은 멀리 담장을 쌓은 듯하고
마음 넉넉하게 땅은
평평하게 고른 것이
오늘도 햇살은 복 쏟아붓듯
넉넉히 쏟아져 들어오고
산 중턱이라 경치마저 좋은
명당이라 할 만한데
돌로 축대 쌓은 흔적만 남아 있네
봉분도 없고 비석도 없다
축대 쌓은 흔적만이 사람이 세상을

다 살고 마지막에 남긴 흔적을 말할 뿐이다
후손도 있을 텐데 관리 안 하고
나무가 새 주인으로 자리를 차지했구나
주인 나무 밑에 세 들어 사는 어린나무들
언젠가는 무덤 주인처럼 고목은 쓰러지고
어린나무로 주인이 바뀔 것이다
산속 봄 햇살은 적막 위에 흐르고
살아보겠다고 새싹 잎사귀는 손을 펴고
햇살을 선물 받는다
꽃바람도 불고 흙바람도 분다
그 바람 속으로 모두 다
언젠가는 사라질 운명
세상 모든 만물은 영원한 것은 없고
그냥 그 시간에
그 자리만 지키고 있다가
시간이 가면 원하든 원하지 않든 세월 속에
뚤뚤 말려 휩쓸러 가는 게 삶이다
저 개구리 소리도 새 소리도 함께 가는 것
딱따구리가 시대의 소명으로
봄철에 둥지를 틀고
새끼 한번 잘 키워 보겠다고

썩은 나무 쪼아대는 소리가
메아리가 되어 온 산을 울린다
숲이 보여주는 이 작은 풍경이 삶이고
모두 다 각자에게 주어진 소임을 다하는 것이
살아가는 이유다
뼈도 녹아 없을 저 무덤 속 주인처럼
될 날이 머지않았는데
아직도 어리석게 못 깨우치고
아무짝에도 소용없는 욕심을
천하에 보물처럼 애지중지
오매불망하는가?

2024. 4. 7.

행복하네

날씨 좋은 사월에 봄날
바람에 실린 꽃잎이 날아와
가슴에 설렘으로 점을 찍는다
점 찍힌 가슴은 봄기운으로 진해지고
짙어진 마음은 들썩거린다
가방 하나 울러 메고
아지랑이 가는 길 따라
그 속에 나도 묻어 산으로 간다
파릇파릇 산나물 새싹들이 눈에 들어오면
봄 향기가 입맛을 자극하고
좋았던 맛의 기억에 산나물 뜯으러
심 봉사 물건 찾듯 이리저리 두리번거리다
나물 하나 발견하면 물 찬 제비다
산나물 뜯는 재미에
몸은 노인인데 욕심은 청춘이다
어느 정도 욕심을 채우고 나니
이제 사 피는 꽃 지는 꽃도 보이고
꽃을 찾아드는 벌,나비 구경에
넋을 놓고 있네
새소리도 좋고 피리를 불 듯
작은 노랫소리로 흐르는 물소리도 좋다

욕심을 배 채우고 나니
그제 사 경치도 보이고 이웃도 보인다
사람 소리 차 소리 없는 작은 미풍에
나비가 되어 헤엄쳐 가는
꽃잎만 바라봐도 행복하네

2024. 4. 8.

님을 기다리며

대암산을 오른 아침햇살은
잘 닦아놓은 금덩어리같이
광택이 나 물결 위에 얼굴을 비추니
조명을 켠 듯 반짝반짝 눈이 부시고
이슬을 머금은 배꽃은 하얀 속살을 내보이며
몸맵시를 자랑한다
분홍빛깔에 복숭아 꽃 가지는
치맛자락 휘날리듯 계절을 유혹하고
물 고인 논에는 개구리가 아직도
짝을 못 찾았는지
목이 쉬도록 연가를 불러 대는데
불쌍해서 어쩔꼬
길을 잃었는지 연인을 찾는지
산속에서 뻐꾸기는 울어대고
들풀은 청춘으로 무섭게 짙어오는데
이제나저제나 오매불망 기다리는
님 소식은 오늘도 안 올는지
귓가에는 참새들
재잘거리는 소리만 들린다

2024. 4. 8.

눈물

어슴한 달빛은 그림을 그리고
풀숲에서 우렁각시
노랫소리는 구성지다
밤이슬이 무거운 꽃잎은
이별을 말한다
해마다 봄날이면 꽃은 피고 지는데
늘 조금 모자람은 남고
해마다 보태지는 이별에 아쉬움은
가슴앓이로 남는다
허전한 마음 채워보려고
아무리 용을 써 봐도
가슴에 남는 것은
부족한 능력이 한이 되어
눈물로 표현해 보지만
문제는 해결되지 않구나!

2024. 4. 8.

미 련

흐린 날씨에 봄바람이 분다
꽃잎은 바람이 나무를 한 번 흔들 때마다
꽃잎은 눈송이 날리듯
사방으로 흩어져가고
봄은 이렇게 몸살을 하는가 보다
산속에서 산새가 오라고 부른다
나를 부르는지
짝을 부르는지 모르겠지만
나를 산 구경 오라고 부르는 것 같네
커피 한 잔을 태워 놓고
멍하니 바라본다
그 잔 속에 세상 만물에 잔상이 다 들어 있고
그 향기는 김을 타고 올라와
미각을 자극하고
입속의 빠른 재촉에 한 모금 마셔보면
그 뜨거움에 깜짝 놀라 눈이 크게 뜨이는구나
이 한 잔 커피를 마시고 나면
하루 일정을 정해야 하는데
산으로 갈까?
들로 갈까를 결정해야 하는데
선택은 항상 미련을 남긴다

바람에 나뭇가지가 흔들리듯
생각은 선택에 고민을 주는구나

2024. 4. 9.

미움

바람이 분다 부는 바람 따라
꽃잎도 날아간다
아직은 보내기 싫은데
바람의 꼬드김에 홀딱 넘어간 꽃잎이 밉다
미움은 사랑보다 강한 것이기에
그 마음 삭이러 해도
사랑이 지독한 그리움으로 응축된 것이라
그 마음 녹이려 해도 잘되지 않고
나 홀로 가슴앓이한다
이성보다 한발 앞선 감성이 늘 사고를 친다
잊고자 해도 가슴 깊이 세월을 두고
오래된 정이라 쌓인 정이 쉽게 떠나지 않고
뒤돌아 자꾸 불러댄다
나도 떠나고 싶다
꽃잎이 미련 다 버리고 떠난 것처럼
미련이 젖 떨어진 송아지처럼
자꾸 울어대니
약해진 내 마음은
꽃잎 떨어진 곳에 열매 자라듯
새로운 희망에 불씨 하나
매달아 주네

2024. 4. 9.

너에게 말하고 싶다

봄은 삶도 뚝딱
사랑도 뚝딱 만들어 낸다
하늘에 나는 새들도
사랑이 필요하고
땅에 발을 붙이고 사는 이도 사랑이 필요하다
들리는 듯 보이는 듯
작은 그림자 하나
햇살이 만들고 달빛에 키워져
꽃봉오리 되더니
오늘은 배시시 웃으며
꽃잎 하나 차창에 손 내밀 듯이
내밀어 말한다
사랑에 마음이 배고픈 이
모두 다 오라고 향기로 말한다
나도 너에게 말하고 싶다
너는 나에 예쁜 꽃이고
나는 너 사랑 향기 찾아가는 벌 한 마리
오늘 밤에 그대 품속에서
그대 사랑으로 흠뻑 물들어
그대가 내가 되고 내가 그대가 되어
사랑으로 한 몸이 되고 싶어라

2024. 4. 11.

봄은 좋은 시절

분홍빛깔에
속마음을 내보이던 벚꽃도
봄바람의 귓속말에
모든 미련을 훨훨 떨쳐버리고
호랑나비 춤을 추며
제 갈 곳을 찾아 흩어지고
나뭇가지마다 새싹들이
하늘에 비 소식 듣고 싶어
귀를 쫑긋 세우고
무엇이 즐거운지
참새는 노래도 하고
날개를 펴고 춤도 추며
이 가지 저 가지를 오르락내리락
술래잡기 놀이도 즐기고 있다
간간이 들리는 차 소리는
님을 싣고 꽃구경을 가는지
신나게 달리고
촉새 풀이 축구장에 잔디를 깔아 놓은 듯한 논에
갈색 왜가리 한 쌍이 큰 날개로
구애 춤을 춘다
종달새 두 마리 속닥거리다 뭐라 뭐라 하더니

빠른 걸음으로 보리밭 속으로 숨어들고
병아리 거느리고 마실 나선
암탉 위세가 당당하다
봄날이 보여주는 경치는
모두 다가 참 이쁘다

2024. 4. 11.

사랑 하나

집을 짓고 싶다 언제나 찾아가도
마음 편안한 곳에 대문을 내고 싶다
너의 집이랑 마주 보는 곳에
꽃을 심고 싶다
골목길을 오가며 꽃을 바라보면
마음이 예뻐져 어쩌다 같은 시간에 마주치면
너의 예쁜 모습만 볼 수 있으니까
나무를 심고 싶다
여름날 햇살이 땀을 뻘뻘 흘릴 때
두꺼운 나무 그늘 찾아
매미가 날아와 쉬어 갈 때
너도 같이 와 쉬어 갈 수 있게
가을 석양빛이 외로움을 탈 때
너와 내가 차 한 잔을 나누며
이야기하고 싶다
귀뚜라미 노랫소리보다
더 재미있는 이야기를 하고 싶다
그대와 내가 대문을 마주 보고 내면
어두운 밤이면 어둠을 밝혀주는
불빛이 한 쌍이라서 보기 좋고
눈이 내린 겨울날 발자국이 한 쌍이라

걷는 길도 외롭지 않을 것 같아
그대 옆에 집을 짓고
대문을 마주 보며 살고 싶다
외로움 씨앗이 건네는 인사로
미소 속에 심어져 사랑에 꽃이 피어날지
그 누가 아나
그 꿈 가슴에 품고 암탉이 알을 품어
혼신의 힘을 다하여
병아리 깨어나게 하듯
그대 가슴에 인연 씨앗 하나 심어
내 전부와 다 바꾸어도 아깝지 않을
오직 그대만을 나만을 위한
사랑 하나 키워 보련다

2024. 4. 13.

여 명

새벽닭이 운다
새벽 아기별 그만 놀고
집으로 돌아갈 시간이라고
알려준다
새벽닭이 운다
농부들 잠 깨어나 하루 일 준비하라고
달빛 별빛이 밤새도록 공을 들이더니
강물은 익어 안개를 피워 올리고
가로등을 사랑한 불나방은
밤새도록 얼마나 애를 썼으면
그 뜻을 이루었는지 못 이루었는지
모르겠지만 땅바닥에 쓰러져 있고
풀잎은 이슬을 만들어 그리운 님
일찍 못 가게 껴안고 있구나

2024. 4. 14.

기분 좋은 날

며칠을 기다렸다
장가드는 날처럼 기다려진다
그날을 잊을까 봐
달력에 동그라미 그려 놓고 기다렸다
늙어서 제일 큰 즐거움이다
드디어 손자가 왔다 손녀가 왔다
기쁘다 가족들과 만남은 모든 일에 최우선이기에 반갑다
마당이 넓은 촌집에서 주말에 밤을 보낸다
한낮 열기가 초여름인 양 유세를 부려도
밤기운은 남의 개가 나 쳐다보듯 쌀쌀하다
한숨 자고 일어나 마당에 나서니
새벽별은 아기 눈동자같이 초롱초롱하고
아직도 밤 깊은 숲속에서 소쩍새는 홀로 울고 있다
짝을 찾아 울면 그 짝지 얼른 찾았으면 좋겠고
소원을 비는 기도 소리라면
그 소원 빨리 이루어졌으면 좋겠네
풀잎 나뭇잎 새싹들이 새근새근 잠 잘 자고 일어나게
가로등 불빛은 등대 불빛 모양
홀로 어둠에 길잡이 되어 동네를 지키고 있고
눅눅한 밤안개는 나를 보자 할아버지 옛날이야기
하나 해 주세요, 하고 나를 부여잡는다

2024. 4. 14.

치통

배는 고파 창자에서
꼬르륵 피리를 불어대고
음식을 눈앞에 두고도 입이 안 벌어져
못 먹는다
눈은 십 리나 들어간 듯 휑하고
허기진 배가 부르는
입맛 당기는 노랫가락은
숨이 넘어간다
토요일 오후부터 아픈 이빨은
세상에 무게만큼 무거워
자꾸 추가 기울어진다
통증이 신호를 보내올 때마다
전기에 감전된 물고기처럼 깜짝 놀라고
그 아픔은 장작불에 엿 졸이듯
쉼 없이 욱신거린다
시간은 밤낮으로 수시로 바뀌는데
이빨 아픈 통증은
날 새는 줄도 모르는 바보 천치인지
멈춤이 없네
아픔도 싫다 늙음도 싫다 죽음도 싫은데
그래도 살고 싶은 욕망이 강하다

그 이유는 어디에 있나 삶에 의미는 어디에 있나
안 아프고 안 늙고 안 죽으면
뭐 할 건데 놀고먹고 일하고 즐기자는 것 아닌가
일은 무에서 유를 창조하는 보람에 있었네

2024. 4. 14.

손자의 전화

아침부터 봄비가 내리고 있다
하루쯤 쉬어가라고 쉼표를 찍어준다
나뭇잎은 돈을 세듯
즐거움으로 빗방울을 헤아리고 있고
때맞추어 피어난 꽃은
좋아서 몸을 흔들어 행여나
빗물에 고운 색깔 씻겨
빛바랠까 봐
요리조리 비를 피하듯
고개를 흔들고 있다
빗속에 울리는 전화벨 소리 손자 전화다
올해 초등학교 입학한다고
할배가 전화기 하나 사 줬더니 전화가 왔네
어제 할배, 할매 보러 왔길래
틈나면 전화 한번 해 주라
너 목소리 듣고 싶다 했더니
아무 말 없이 듣고만 있더니
오늘 점심 먹고 난 후에 전화가 왔네
어제 한 말을 기억했다가 실천하는
손자 목소리가 기특해 죽겠네
할아버지 준희예요

하는데 얼마나 반가운지 업어주고 싶더라

한순간의 반가움이

이 세상을 다 가진 것만큼

행복하구나

2024. 4. 15.

봄날이 주는 감성

다른 꽃구경 하고 아껴뒀는데
봄빛이 진해지면 님과 함께 보려고 했는데
복사꽃은 언제 피었다가 지고
예쁜 꽃잎은 향기 따라가고 없다
콩알만큼 작은 씨앗 맺어 놓고
봄도 온다 간다 말없이 그렇게 가버리고
뒷집 할배 수염같이 듬성듬성 새싹들이
오늘도 나무에 옷을 입히고 있다
고추밭에 고추 약이 오르듯
곡우를 앞둔 늦은 봄 햇살은 제법 따갑다
묵은김치 맛이 지겨워
이른 봄에 심어 둔 열무 상추가
입맛 돋울 만큼 자라
오늘 저녁에는 새싹들로 겉절이를 하고
비빔밥을 만들어
아내와 함께 맛있게 비벼 먹어야겠다
꽃이 지고 새가 울면
봄은 짐을 벗어버리고 훌훌 떠나고 나면
낯익은 여름이 오고
신록은 청춘을 노래하는데
시간은 장작을 쪼개듯

내 얼굴에 주름살을 새기고
내게 주는 선물은 나이에 무게만 남고
신록에 계절이 다시 다가왔다
생각은 늘 화려하고 전성기 때만을 기억하고 있는데
세월은 소리 없이 야금야금 청춘에 진기를 다 빨아 먹고
빈 껍데기만 남았구나

2024. 4. 16.

잡 초

커피 향은 솔솔 문밖을 나서고
꽃향기는 문턱을 넘어온다
무엇이 그리 대단한지
장닭은 연신 고함을 질러대고
참새는 그 소리가 싫은지 종알종알거리고
뒷집 할배 할매는 씨나락을 침종시키다
의견이 안 맞는지 할배 한 소리에 할매 한 소리
주고받는 걸 보니 반 백 년을 넘게 같이 살아도
생각은 다른가 보다 밭두렁이 하루가 다르게
풀빛으로 짙어온다
잡초꽃도 나도 이만하면 봐 줄 만하지 않느냐고
간들바람에 몸맵시 자랑하고
작고 이쁜 얼굴에 색깔 짙은 화사한 화장을 하고
얼굴을 쑥 내민다
사람들 삶에 큰 이익이 안 되는 식물이라서
푸대접이지 그 자체만 놓고 보면
나름대로 훌륭한 식물이다
세상은 이렇게 잘난 것 못난 것
두루두루 섞여 한세상
어울려서 가는 것이구나

2024. 4. 17.

다알리아

황사 먼지는 세상 돌아가는 꼴
보기 싫다고 먼 산을 가리고
하루 일기를 깽판을 놓는다
타는 듯 붉은 꽃송이가 하도 이뻐서
다알리아 꽃 화분을 샀다
꽃이 화려하고 이뻐서 콧대가 높아
몇 장을 돌아다니다 시 늦고 때 늦어
사람이 잘 보이는 곳에서 밀려나고
아예 장바닥에 발도 못 붙여보고 이제는 퇴물이 되어
차 짐칸에서 내리지도 못하고
거추장스러운 짐작 모양 한켠에 우두커니 서 있고
사람들은 관심 없어 흥정조차 없다
지난해 심어본 꽃이라 꽃빛깔은 바래여도 썩어도 준치라고
빛바랜 꽃잎 밑에 그녀의 예쁜 입술같이
선홍 색깔의 고운 빛깔이 남아 있어
하나 사와 작년에 심었던 곳에 심는다
타고난 혈통이 귀족이라서
좋은 환경에서 잘만 키우면 환골탈태할 것인데
빛바랜 꽃 따내고 새순 받아 키우면
아주 멋진 꽃송이가 가을까지 화단을 지켜주겠지

2024. 4. 18.

저녁 밥상

라일락 꽃향기가 길을 가로막고
벌, 나비도 부르더니 나도 부른다
먹으면 기분 좋을 것 같은 느낌이
괜히 마음까지 들뜬다
늦은 봄 햇살을 즐기는 새싹들이
여유를 부리는 모습이 보기 좋구나
활기찬 새싹들에 그 기운
내게도 조금 나누어서 줬으면 좋겠네
산그늘에 앉아 사람 사는 동네를 바라보니
자동차들이 줄지어 먹을 것 마실 것들을 실어
개미들처럼 집으로 물어 나른다
오늘 장날이라서 고등어 갈치라도
한 마리씩 사 와 지지고 굽어서
저녁 반찬으로 내어 놓으면
입맛 당기는 고소한 비린내가
기적처럼 울리면 들고양이도
마당개도 열일 제쳐 놓고 달려오겠다
하루 일을 끝내고 석양빛을 따라
스며들 듯 돌아온 남편
저녁 밥상이 차려지면 밥 숟가락이
고속철도 상행선 하행선 달리듯
빠르게 허기진 배를 채우겠구나

2024. 4. 18.

꽃비 내리는 날

봄비가 온다
봄 땡볕에 그을린 땅 세수라도 시키듯
노래하듯 이야기하듯
강약을 조절해 가며 내린다
내리는 빗소리는 사람 마음에도 녹아들어
시를 찾고 음악을 듣게 하고
옛사람들 속에 추억을 들춘다
곡우비가 내린다
병아리같이 예쁘게 생긴 감나무 어린잎이
차갑다고 부르르 몸을 턴다
다알리아 큰 꽃봉우리는
감미로운 빗방울 한 번 만져보고파
실같이 가는 꽃잎을 내밀고
개구쟁이 물장난 놀이하듯
받았다 부어냈다 호기심을 즐기고
창을 열어 놓고 비 내리는 소리를 듣는다
친구가 놀러 오는 발자국 소리 같고
사랑하는 님이 날 보러 반갑게 달려오는
발자국 소리 같구나
괜한 설렘에 비 오는 날에
그대 전화가 기다려지네

2024. 4. 20.

그대가 보고 싶다

보고 싶다
그대가 생각난다
기러기 날아간 가을 하늘같이
마음은 빈 듯 공허하고
가을바람 앞에 선 코스모스같이 외롭다
오늘은 그대가 보고 싶다
그대 보고 나면
내 마음 빈 곳 꽉꽉 다 채워 줄 듯싶은데
그 아쉬움은 눈물에 빛깔로 다가선다
구름이 모여들어 그리움 짙어지면
땅이 보고파 무작정 하늘에서
뛰어 내려온다
내 이 그리움이 짙어지면 어디로 뛰어가야 할까?
후회가 피눈물이 되어 쏟아져도
한 번 간 세월은 지워진 그림
낙엽이 실바람에 굴러가듯
속쓰림이 가슴속을 비질해 와
마음은 자꾸 텅텅 비어간다
세상물정 모를 때
그 첫정을 벌, 나비에 꽃향기 다 뺏겨버리고
후회의 눈물 같은 꽃잎 떨구니

지나가던 봄바람은 흔적도 없이 가져가 버린다
실타래 풀리듯 의욕은 풀리고
무력감만 팥죽을 끓여놓은 듯 늘어져 있다
어이할까? 어이할까?
그대가 보고픈 밤이 오면
어느 누구에게 내 마음을 말해야 하나
어둠이 나를 위로할 때
누구의 품에서 잠들어야 할까?
서 있을 곳이 없다
갈 곳이 없다
광야에 선 바람같이
외로움이 사시나무 떨듯
그 서러움이 할퀴오면
누가 내 편이 되어 막아줄까?
홀로 된다는 것은 하늘이 무너지고
땅이 꺼지는 것 같은
마음에 큰 아픔에
고통을 준다

2024. 4. 22.

노부부의 말다툼

어제는 비가 오고
오늘은 날씨가 흐리다
잠 없는 뒷집 할매, 할배 아침부터
옥신각신이다
뭔 일로 그러나 하고 가만히 들어보니
할매가 호박 모종을 심자
나무 모종 심어 둔 할배가
그곳에 심으면 안 된다고 하여
의견이 안 맞다
싸움에 기술이 대단하다
언성도 높지 않다
격한 말도 하지 않는다
무슨 말을 해도 신경 안 쓰고
자기 할 말만 한다
웃어 가며 싸운다
왜 그럴까?
세상을 많이 살아서 감정 놀이에
휘둘리지 않아서 그런가
나도 저 나이 되면 저렇게
노련하게 싸움할까?
팔순에 나이가 기다려지네

2024. 4. 22.

삶에 순환

사십을 살고 나서 세상을 바라보는 눈 다르고
육십을 살고 나서 세상을 바라보는 눈이 다르다
남은 생명 줄이 짧은 만큼 더 많은 것을 양보할 수 있다
왜냐하면 삶에 진실을 더 많이 알기 때문이다
세상 모든 물건에는 양면성이 있다 좋은 것만 바라보자
좋은 것을 바라보고 좋은 말만 하면
내 마음도 좋은 면을 닮아 편안해 지고
이웃과의 관계도 좋아하는 일도 잘되어 행복해진다
긍정은 항상 나를 성공이 있는 곳으로 이끌고
부정은 나를 곤란한 곳 마음 불편한 곳으로 이끈다
물은 동그란 그릇에는 동그란 모습
네모진 그릇에는 네모진 모습
이렇게 저렇게 이유를 갖다 대며 저항하지 않는다
그래도 물에 본질은 형태와 상관없이 본질은 변함없다
바람이 부는 방향으로 돛을 달아 노 저어가면 편안하다
민들레 홀씨가 흰 두건을 머리에 띠 두르고
낙하산을 탈 준비를 하고 서있다
남풍이든 동풍이든 어느 바람이 불던
불면 타고 날아간다
바람이 내려 준 곳이 내 집이다 생각하고
자리를 잡아 인생을 시작한다

2024. 4. 22.

유수 같은 세월

제법 열기가 오른 아침햇살이
폭포수 물보라같이 힘차게 뿌리던
어느 늦은 봄날에
장미 새순 끝에 횃불같이
뭉툭한 꽃봉오리를 들고
몸집을 불리고 있다
장미꽃 피고 아카시아꽃마저 피면
좋은 시절 봄은 다 가고
실록에 나뭇잎 계절도 가고 있다
기다리던 꿈은 이루지 못했는데
부질없이 세월만 가면 어쩌나
산천은 해마다 그 계절이 오면
청춘이 물오른 젊음은 오는데
인생은 흐르는 물처럼
한 번 지나가면 다시는
그 시절로 못 돌아가니
청춘에 옳은 맛 알기도 전에
후딱 가버린 세월이 미워라

2024. 4. 23.

솔 순

때 늦은 아침햇살은 구름 속에 숨었다 나왔다 흐리고
초목 산천에 애간장 다 태운다
늦은 봄비를 기다리는 땅에 마음을
아는지 모르는지 장난을 치고
꽃잎과 풀잎은 서로의 안부를 묻고
민들레 홀씨는 작별 인사를 나누고 있다
아침 이슬이 그치면 바람을 타고 미지의 세계로 날아가
생사를 선택해야 하기에 비장한 모습이다
참새는 기분이 좋은지 어제처럼 까불거리고
하루가 다르게 짙어가는 나뭇잎 자라는 속도가
너무 빨라 개가 짖는다 덩달아 몰라서 볼 정도로
무성히 크는 잡초도 어제와 다른 그림을 그린다
탄력 붙은 계절에 시계는 너무 빨리 돌아가
나이 든 농부 제때 일 찾아 하기도 바쁘구나
오늘도 처마 밑 제비는 흙을 물어다 티끌을 물어다
한 층 두 층 집을 짓는다고 입이 다 부르텄구나
막걸리에 쉴 참이라도 대접하고 싶구나
힘내라 제비야 내일모레쯤이면 집이 완성되겠구나
솔 순은 하늘 향해 기분 좋아 만세라도 부르는지
손가락을 활짝 펴고 반갑다고 인사가 한창이고
그 기세 꺾임이 없으니 젊은 사내 고집같이 의미 있네

2024. 4. 23.

빗방울

큰 산꼭대기에
하얀 백발 머리카락 휘날리듯
흰 구름이 바람을 타고 산등성이를 내려오면
빗방울은 흰 구름 깃털에 묻어오고
들일 나갔던 왜가리는 설거지하겠다고
바쁘게 집으로 날아가고
어제 모종한 옥수수 모종은 감 잡았는지
작은 잎사귀 두 잎을 번갈아 가며
토끼 귀 펄럭이듯
빗방울에 춤을 춘다
공연 중에 졸지 말라고 추임새를 넣듯
간간이 장닭이 호흡 긴 울림소리로
장단을 맞춘다
녹음 짙은 숲속에 경사라고 났는지
까마귀 까치가 뭐라 뭐라 노래하는데
개구리는 알고도 모르는체하는지
아무 소리도 없구나

2024. 4. 24.

하루 일정

어슴새벽은 동녘 산머리를 돌아 넘어오고
새벽안개는 처마 밑으로 숨어든다
별빛에 그리움에 눈물 이슬은
풀잎 끝에 맺혀 그 사연 하소연이나 하듯
이야기를 하며 나그네 발길을 잡고
조금 더 머물러 있다가 가라 하네
밤새도록 놀다가 돌아가는 어둠은
아쉬움에 발길을 못 돌리고
자꾸 뒤를 돌아본다
오늘 한나절 재미있게 놀아보겠다고
찾아오는 햇살은 반가움으로
웃는 얼굴이 화장한 듯
이쁘게 반짝거리고
이렇게 좋은 밤낮 세월을
어떤 그림을 새겨야 명품이 될까?
좋은 마음으로 예쁜 생각으로
오늘 하루 일을
한 바늘 한 뜸씩
삶에 아름다운 이야기를
수놓아 보자

2024. 4. 25.

잡초의 자부심

청춘은 한때라고 봄 햇살이 열을 올릴 때
산천초목도 햇살의 든든한 후원에 힘입어
용기를 내어 밤낮 주야를 스키를 탄 듯이 달린다
농부들이 밭 갈고 논 갈아 한 해를 시작하면
빠른 친구들은 벌써 내년을 준비한다
사람들은 우리를 다 뭉뚱그려 잡초라고 말하지만
세상에는 이름 없는 풀은 없다
다만 그대가 몰라서 그럴 뿐이다
나도 성도 있고 이름도 있다
따지고 보면 혈통도 있고 족보도 있다
꽃송이는 작아도 다부져 벌도 찾아오고
나비도 찾아와 친구가 되어 준다
장미꽃처럼 화려하지 못해도
찔레꽃처럼 향기롭지 못해도
하늘이 나에게 준 사명이 있어
누구보다 열심히 살고 있단다
풀벌레가 외로워할 때 그 곁에서 위로도 하고
소낙비가 땅을 사정없이 패대기쳐
흙탕물이 튀어 올라 엉망이 되어도
그들을 원망하지 않는다
왜냐면 내일에 기회는 늘 나를

기다려 주니까
내 나름대로 세상에 남아
좋은 일도 하며 살아가는
자부심도 있기 때문이다

2024. 4. 25.

야유회

이팝나무에 꽃이 피었다
뭉게구름이 일 듯이 몽실몽실 피었구나
번호표를 받아야 들어갈 수 있는지
나뭇잎 앞에 벌들이 줄을 늘어서서 웅성거린다
흰 쌀밥을 닮은 꽃이 얼굴을 내밀면
못자리하기에 딱 좋은 시간이기에
할배, 할매, 아재, 아지매 논둑에서
못자리 쉴 참을 먹고 있다
나무 그늘로 찾아들 만큼 태양은 약이 오르고
하루 종일 맞장을 뜨면
얼굴이 술에 취한 듯 붉게 익는다
오월이면 복주머니를 매단 듯
아카시아꽃이 향기를 풀어 놓으면
뒷집 아재 벌들이 꿀 빤다고 난리 나고
단맛에 취한 벌들이 길바닥에
드러누워 한숨 자고 나
해 질 녘에 석양빛을 지팡이 삼아
아슬아슬한 귀갓길에 오르고
개울 옆에 핀 찔레꽃 향기는
소꿉친구들 이름 하나하나를 불러준다
황혼이 집을 찾아오는 저녁 시간

일터 갔던 사람들이 집으로 돌아와
저녁 해 먹을 시간 동네 마이크는
내일 동네 사람들 다 모여
야유회 간다고
안내 방송이 신이 났네

2024. 4. 27.

늦은 봄비 오는 날

봄비가 온다
수도승의 생각만큼
차분한 늦은 봄비가 온다
오월의 장미꽃 봉오리는
너를 기다린 지 오래라고 말하고
찔레꽃도 목을 빼고 기다리더라
주렁주렁 꽃을
매단 아카시아꽃 복주머니에
봄비를 가득 채우면
아카시아 꽃향기는
벌어진 꽃잎 틈으로 새어 나와
향기는 햇살 같은 화살이 되어
벌, 나비 욕심 보를 찔러주면
죽는 줄 사는 줄도 모르고
죽기 살기로 꿀을 물어다 곳간을 채우겠구나
개구쟁이 송화 꽃가루가 물감을 풀어 놓은 듯
세상을 몽땅 다 분칠해
반쯤 지워진 화장처럼
얼룩 달록 했는데
냇물에 시골소녀 긴 머리 감기듯 상할세라
조심스레 빗방울은 나뭇잎 풀잎 하나하나를

곱게 씻어내고 있다
빗물에 씻겨 사금 가루 같은 송홧가루가
물길 따라 추상화 같은 그림을 그리고
창을 열고 빗소리 들으면
먼 기억의 추억 속에서
그대가 아기 걸음같이
귀여운 모습으로 걸어온다
불면 날아갈세라 쥐면 부서질세라
두 눈을 꼭 감고 옛날 그대와 함께 놀던
그 시절로 돌아가 예쁜 그대 품속으로 다가가
기대어 한숨 자고 나면 감동처럼
잔잔히 밀려오는 계절의 생동감에
울림을 느낄 수 있을까?

2024. 4. 29.

오월에 냇가의 풍경

어제는 온종일 비가 내렸다
달아오른 열기를 한 박자 쉼표를 찍어 놓았다
상큼한 공기는 참새들이
토끼 모양 깡충 뛰며 노래하게 하고
노인네 발걸음을 아이들 걸음같이 가볍게 한다
여인네 살 내음같이 향긋한 향기에
사냥개 모양 향기를 찾아 끙끙거리다
고개 들어 산을 바라보니 아가씨 치맛자락 살랑이듯
봄바람이 종소리를 내듯
아카시아꽃 하얀 속살 향기 주머니를
딸랑딸랑 흔들고 있다
거울같이 잔잔한 시냇물 웅덩이에
음표를 그리듯 피라미가 뛰어오르면
동그란 물결이 파도를 일으키며 냇가를 건너가고
묵은 갈대밭에 새싹 갈대가 차오르니
중년 신사 반백의 머리카락같이 중후한 멋을 내고
입이 긴 파란 물새 한 마리
갈대 끝에 앉아 둥지를 지어볼까? 말아볼까?
깊은 생각에 빠져 있는 모습이나
물가에서 낚시하는 낚시꾼
물고기가 물까? 말까?
고민하는 모습이랑 똑같구나

2024. 4. 30.

오월에 봄

오월이 오면 도시에 여인들의 향수 같은
향기가 예쁜 장미꽃이 꽃신을 신고 오는 듯하고
밤이슬을 살포시 밟고
달빛에 송홧가루 등을 타고
춤을 추듯 날아오는 보랏빛 오동나무꽃이
요정에 향기로 나팔을 분다
녹음 짙은 서산으로 가는 태양은
꽃보다 더 이쁜 저녁노을에 명작을
붓질해 그려 놓는다
오고 가는 이 뜸한 골목길에
가로등 하나, 둘 길손 맞이하려 나서고
개울에서 풀숲에서
무슨 좋은 일을 꾸미고 있는지
개구리 노랫소리 신명 나고
저녁을 먹고 막연한 설렘에 기대감으로
동네 산책 한 바퀴 하다 보면
뜻이 통하는 사람을 만나
차 한 잔에 삶에 이야기로
초여름밤 별을 헤아리는
낭만을 즐길 수 있을는지
기대감이 앞서네!

2024. 4. 30.

사랑의 논리

춥지도 덥지도 않은 계절
나뭇잎은 푸르고 장미꽃 피어나
거리를 화사하게 꾸미고
아카시아 꽃향기 기분 좋게 하는
뭐든지 다 이루어 줄 것 같은 좋은 시절
오월에 좋아하는 음악 소리는
춤을 추며 기분을 돋구며 날아다니고
탁자에는 갓 나온 따끈한 커피가
김이 모락모락 피어나며
향기로 미각을 유혹하고
나는 당신 눈빛을 바라보고
당신은 내 눈빛을 바라본다
당신 눈빛 속에 오월에 장미도 피고
아카시아 꽃향기도 흘러나온다
말은 하지 않아도 당신에 눈빛은 요술상자가 되어
내가 원하는 것 모든 모습을 다 보여준다
아무 짓도 하지 않아도 이렇게 다정히 손잡고
얼굴만 바라봐도 모든 것이 만족한
이 행복감을 사랑이라 말해도 되겠지
물결이 일 듯 파도가 일 듯
북받쳐 오르는 이 행복한 감정은

뭐라 달리 말할 수 있을까?
사랑은 나이를 먹지 않는다
사랑은 젊음과 늙음을 가리지 않는다
당신은 나를 닮아 가고
나는 당신을 닮아 가는
이 마음을 사랑이라 말할 수 있겠지
당신을 아무 말 없이 바라만 봐도 좋고
손만 잡고 같이만 있어도 좋은
이 순간을 행복이라 말할 수 있겠지
사랑은 나이를 먹지 않고
계절도 타지 않는다
사랑은 찰나에서
영원으로 이어진 다리다

2024. 5. 1.

인생은 도전과 인내

밤비가 내리더라
기분이 좋더라
어제 모종한 옥수수 단호박이
나보다 더 좋아할 것 같더라
아침에 창고로 올라오다 보니
어제 밤비가 이팝나무 꽃잎을 타작해
한 마당 쌀을 널어놓은 듯하고
꽃잎을 잃어버린 나뭇잎은
삶에 순리라 그런지 생기가 돋더라
뒷 물결이 앞 물결을 밀어내듯
새로운 기발한 생각은
고정관념이라는 낡은 생각을 밀어내고
매일 매일 발전하는 것이
우리네 삶이 아닐까?
모험을 두려워 말고 실패를 두려워 말자
인생은 경험을 배우러 이 세상에 왔으니까
오늘도 힘내고
하고 싶은 일을 향해 돌진이다
인생에 성공 필살기는
좌절 없는 도전과 끈기다

2024. 5. 1.

오월에

오월에 아침 햇살은 부지런하다
세상에서 제일 먼저 일어나
잠든 이 모두 일어나
하루 일 시작하라 깨운다
오월에 산은 팔색조다
날마다 다른 꽃을 피워
이쁘게 화장을 하고
낯선 사람같이 다른 모습으로
반갑게 사람을 맞이한다
오월에 송화 꽃가루는
장난꾸러기다
밤에 놀러 나와 온 세상을 다 분칠하고
유리창에 그림까지 그려 놓았구나
녹음 향기 짙은 오월에 공기는
참새가 노래할 만큼 기분을 좋게 한다
산 너머 강에는 선녀의 날개 옷자락 같은
안개꽃이 몽실몽실 피어나
세상에 자기만의 꿈을 가지게 하고
만물들에 삶에 하루 경주는 시작되는구나

2024. 5. 3.

오월에 시간

따뜻한 오월의 햇살이 몸과 마음을 편안하게 하고
피어날 듯 말 듯 한 장미꽃 봉오리는
꿈을 이야기하는 듯하고
참새랑 나랑 둘이서 조용히
아침 커피를 한 잔 나누어 마신다
마당 개는 자기 안 불러 준다고 짖는지
오는 손님이 있다고 기다려 달라고 짖는지
시끄럽고 창 넘어 밭고랑에 이른 아침부터
밭을 맨다고 농부에 괭이질이 한창이구나
심심한지 까마귀는 놀러 가자고 친구를 부르고
숲속에 키가 큰 버드나무 잎은 어린아이 소풍 나와
좋아서 손 흔들 듯 미풍에 잎을 뒤집었다 폈다 하며
나를 오라는 듯이 손짓으로 부르고
폭탄을 맞은 듯 산속 소나무 숲에서
송홧가루 파편이 불꽃놀이 할 때 불티 날아가듯
양 사방으로 빠르게 번져가고
시계 종을 울리듯 딱따구리가 나무 쪼아대는 소리는
나보고 일하러 갈 시간을 알리는 것 같고
시간에 떠밀러 나에 하루 일도 시작되는구나
오늘은 합천 장날 무엇이 났을까?
궁금해지네

궁금증이 조금 더 커지면
호밋자루 내 던지고 장 구경 가겠지
날씨가 너무 좋다
부지런한 사람 일하기 좋고
놀고 싶은 사람
놀기 좋은 천국 같은 오월에 시간이네

2024. 5. 3.

송홧가루

하늘에 별도 달도 없는 밤
일기예보에 내일부터 비가 온다고 했다
그래서 그런지 오늘 밤부터 비 준비에
구름이 비를 실어 날라
열심히 창고에 쌓고 있는가 보다
하늘이 하는 일에 걱정이 태산인지
어둠 깊은 숲속에서 소쩍새는 홀로
반대의 목소리로 열변을 토하고
동참할 무리를 찾아
이곳에서 저곳에서 말해보지만
모두 다 자는 척 모르는 척 대꾸도 없다
무슨 일 때문에 혼자 반대의 목소리를
높이는지 궁금하네
밤마실 나온 송홧가루는
난봉꾼인지 장난꾸러기인지
아침에 세차해 놓은 차
미세먼지를 발라 놓은 듯 얼룩져 있고
송홧가루 텃세에
며칠은 더 참아야 맑은 하늘을
볼 수가 있을 것 같네

2024. 5. 4.

비는 내리고

하루쯤 쉬어가자고
초 여름비는 밤부터 낮까지 이어져 내리고
비가 오는 가운데 우의를 입고 농부는 모종을 심는다
농부의 머릿속은 절호의 기회라고 신명 나게 일한다
이 세상에는 나쁜 조건은 없다
어떻게 활용하느냐에 따라
길흉이 나누어질 뿐이다
우산을 쓰고 들길을 걷는다
찔레꽃 향기는 엄마 젖 내음 같은
익숙한 향기로 동심에 감흥을 부른다
익숙한 향기라 금세 머릿속 상상은
어릴 적 추억 속으로 내 달리고
소녀와 소년이 벌이던 소꿉놀이 추억이
그리움에 묻어나오면
실없는 웃음을 짓게 하고
능수버들에 매달린 형, 동생 빗방울은
나만큼 즐거운지 낭창낭창하는 그네를 타고 있고
비 오는 날에 논두렁에 왜가리는
고행하는지 아니면 어제저녁 때 놓친
개구리를 기다리는지 그 마음 모르겠네

2024. 5. 5.

최고의 계절 오월

오월에 비는 흠뻑 내렸다
하늘과 땅이 만족할 만큼 내렸다
하늘에는 푸른 창과
쨍하게 빛나는 태양이 활짝 웃고
땅에는 신록에 푸름이
파도같이 기분 좋은 싱싱함으로
당나귀 귀같이 팔랑거리며 몸맵시를 자랑한다
마른 산골짜기에 계곡물은
거인이 내딛는 발자국 소리 같이
큰 산울림을 울리고
우렁차게 흐르는 시냇물 소리는
축제의 음악 소리같이 분위기 돋우고
물 고인 논에는 동네방네 개구리들 다 모여
마음에 드는 짝지 찾아보겠다고
노래 잘하는 놈은 노래를 부르고
몸매 좋은 놈은 체조한다
너나 할 것 없이 큰 왕방울 눈에
생기가 돌아 아침 이슬보다 더 반짝거린다
조롱조롱 빈틈없이 매단 아카시아 꽃송이는
축제의 등불처럼
산들바람에 간들거리며 신명을 돋운다

들에는 꿩 소리 산속에는 뻐꾸기 소리
집 감나무 가지에는 참새 소리
모두가 즐거움에 난리가 났네
비 온 다음 날 오월은
들판에 풀잎처럼 절정을 향해 달려가고
오월은 한 해 중에 최고에 계절이구나

2024. 5. 6.

사부곡

계절이 오고 감은 그냥 그렇게 말없이
오고 가는 줄 알았다
어제는 오늘에 밀려가고
오늘은 내일에 밀려난다
사람이 태어나고 죽는 것은
한 세대 한 문명이 뒤바뀌는 역사에 한순간
사람이 태어남은 반가움에 기쁨이고
인연에 시작이다
사람이 떠나가도 질긴 인연은 끊어지지 않고
이별에 슬픈 사연이 가슴을 후벼판다
사람이 든 자리는 몰라도 빈자리는 표시 난다고
생사고락을 함께한 이빨이 빠진 자리처럼 허전하다
당신 그늘에서 걱정 없이 한평생을 살다가
홀로 된 이 마음은
십만 대군을 앞에 두고 맞선 무사같이
나아갈 길이 아득하오
이별로 떠난 사람은
추억마다 비를 간직한 구름처럼
많은 슬픔을 주고
보고픔이 많은 그리움을 준다
세상 이치가 한 번 오면

한 번 가는 게 정한 이치인데

운다고 간 세월이 돌아오는 것도 아닌데

내 힘으로 어쩔 수 없다는 걸 잘 알면서도

감정은 어리석음을 부여잡고 통곡한다

사람들은 인정에 이끌려 죽음에 이별 앞에서

반쯤 초주검으로 가슴앓이 몸살을 한다

홀로 먼 길 초행길 떠나는 님도

그 길 막막해 엄두가 안 나겠지만

남은 나도 님 없이는

살아갈 길이 막막하오

그대 떠나는 발걸음 한 걸음마다

그리움 눈물 한 방울 보고픈 눈물 한 방울을 깔아

곱게 보내 드리오리다

내 목숨이 다하여 님 찾아 길 나설 때

아침 햇살처럼 저녁 달빛처럼

내 손 꼭 잡아 주시구려

떠나시는 님이여

잘 가시오

님에 명복을 빌고도 또 비나이다

2024. 5. 6.

그대 보내고 난 후

밤과 낮은 늘 같아 보여도
매일 매일 그 속살은 다르다
삶은 시간의 페이지에
그려 가는 긴 그림 이야기
어느 날 문득 이별은 내게 묻더라
이별이 아픈지 그리움이 속 쓰린지를
수많은 좋은 것들 행복한 것들도
원하는 단맛처럼 많이 있는데
왜 하필 피하고 싶고 만나기 싫은 두려운 그것이
나를 찾아와 던지는 질문에
나는 말 못 하는 벙어리가 되어
냉가슴앓이를 시작한다
마음에 든 병은 골병이 되어
나을만 하면 또 도지고
아물만 하면 또 곪아 터지고
어쩌란 말이냐
삶에 고뇌 육신의 통증에
아픈 이별에 죽음까지 삶과 죽음에
경계의 벽은 너무 높고 단단하다
삶이 원하던 일 다 해왔던 길
죽음에 길로 돌아간 사람을

잊지 못하는 이 고통을
누구에게 말해야 이 병 고쳐질까?
마음에 멍이 든 아픔은 세월이 약이라 했는데
무작정 왔던 길만큼 되돌아가는
시간이 얼마나 많은 공든 탑을 쌓아야
홀로 서서 세상을 걸어갈 수 있을까?
이 밤도 그대 생각에
머릿속 상상은 세상천지를
다 돌아다닌다
늦은 밤에 우는 소쩍새 소리에
내 마음 잠시 내려놓고
그대 닮은 별빛에게 물어본다
떠난 그대도 나만큼
그대가 날 보고 싶은지를
묻고 싶다

2024. 5. 7.

깨달음을 찾아

삶과 죽음은 하나의 막대기라 했는데
느끼는 감정은 얼마나 불편한지
수십 년을 살아보고도
하나라는 적응이 안 된다
왼손잡이 오른손잡이가 타고나듯이
삶과 죽음은 동전의 앞면과 뒷면같이
똑같은 하나는 하나인데
등을 맞대고 있는 완전히 다른 이웃일까?
완전히 다른 밤과 낮이 음과 양으로 나누어
영원한 짝지인 것처럼
변할 수 없는 당연한 진리인데
이것을 아는데 수십 년 삶에 내공을 쌓고도
느낌을 모를까?
모래 속에 사금을 걸러내 듯
오늘도 수많은 생각을
퍼 담아 삶에 이유
깨침을 찾아 쓸만한 생각을 고르고
안갯속 먼 길을 재촉한다

2024. 5. 7.

어버이날

참새는 날이 밝았다고 일어나오라 부르고
구름 낀 하늘은 나에게 갈 길을 묻네
아카시아 꽃향기는 벌을 부르고
아가씨 치맛자락같이 고운 작약꽃은 나비를 부른다
경쟁에서 뒤질까 봐 장미꽃 봉오리들이 까치발을 하고
좀 더 잘 보이겠다고 얼굴을 내민다
노란 애기똥풀은 꽃잎마다 이슬을 머금고 아침 햇살을 기다린다
출근 시간이 다 되었는지 도로에는 차들이 줄을 서고
상큼한 아침 공기는 밥 안 먹어도 몸을 가볍게 하네
뒷산 까마귀는 나만큼 기분이 좋은지
새 중에 제일 먼저 일어나 노래하고
어제 밤비가 많이 내렸나 보다
개울물이 신나게 노래하며 흐르네
오늘은 날이 좋은지 장독대에 사는 개미는
식구가 늘었는지 돈을 벌었는지
머리에 이고 등에 이삿짐을 지고 큰 집으로 이사 간다고
기차보다 더 길게 늘어서 간다
오월 팔 일 어버이날이네
부모님이 살아 계시면 선물 보따리 들고
가겠지만 돌아가고 안 계시니 산소에 한 번 다녀와야겠네

2024. 5. 8.

세상살이 이치

하루 일을 마치고
저녁을 먹고 나니
피로감에 세상만사 일이 포기되고
잠이 자러 가자는 유혹에
뒤도 미련 없이
죽었는지 살았는지 모를 만큼
깊은 잠 한숨 자고 나니
시계는 한밤중 한시를 걸어가고 있고
잠이 안 온다
낮에 했던 일이 확실한지 부실한지
의심이 생기고
생쥐 먹이 물어 나르듯
의심이 의심에 꼬리를 물고
맑은 하늘에 구름이 모여들 듯
걱정거리로 다가선다
걱정거리는 불안한 마음에 불을 지른다
불타는 마음은 흥분해 달리기하는 것처럼
심장이 뛰고 안절부절한다
마음이 아무런 생각을 안 불러야
무념무상이 되어 잠이 올 것인데
이렇게 동네방네 생각을 다 불러 모으는데

어찌 잠이 오겠나
인과응보라 낮에 일거리를 만들어 놓아서
일이 해결될 때까지
잘 될까? 못 될까? 걱정이지
인연을 안 만들어 놓으면
무슨 걸림돌이 있겠는가?
괜히 세상일에 간섭해 스스로 화를 자초해
겪는 고통이 아닌가?
편안한 삶에 제일 원칙이
세상일과 인연 안 맺는 것이다
비 올 때 내 고무신 하나만 설거지하면 되지
논밭 걱정 집 걱정은 왜 하나
욕심이 이것저것 이름을 부르며
자꾸 끌어모으니
하나 끌어모을 때마다
좋은 것 하나에 안 좋은 것 하나
짝으로 들어오는 것을
내 것이 되는 순간
기쁨과 고통도 함께 온다는
세상 진리를 왜 모르고 살까?

2024. 5. 9.

한물간 봄날

안개비는 내가 얼마나 반가운지
푸른 보리밭 길을 가로질러 달려오고
이슬 맺힌 강둑에서
새끼 염소는 엄마를 부른다
어제까지도 다물고 있던
장미꽃 봉오리는 부끄러운지
삐죽 내민 꽃잎이 구부러져 있구나
오다가다 만난 인연처럼
전깃줄에 비둘기는 말없이 나를 바라보고
나도 소 닭 쳐다보듯
관심 없이 바라본다
하얀 치마를 입고 앉아
쑥을 캐는 아낙네 모양
찔레꽃은 오늘이 절정이라고 광고하며
벌, 나비 불러보지만
벌, 나비는 보이지 않고
도움 없는 참새만 관심 있는 듯
뭐라 뭐라 말하네
뒷집 아지매가 심어 놓은 때
만난 옥수수는
비 온 날 죽순 올라오듯

세상에 좋은 기운 다 빨아들여
날마다 쑥쑥 커 올라가네

2024. 5. 9.

낙동강 낭만

낙동강 깊고 푸른 물은
흐르는 듯 안 흐르는 듯
흘러도 어제도 말이 없고 오늘도 말이 없다
좋은 일 안 좋은 일 온갖 일 다 겪고도
아무 일 없다는 듯이
군자에 큰길을 가고 있다
수천 년 동안 인간과 동물은 강을 의지해 살아왔다
숲 짙은 버들가지는 물새들에 집이 되고
잔가지 그늘은 강을 거슬러 올라가는
여행자 물고기 그늘이 되어 쉼터가 되고
덕이 높은 군자 밑에 학생이 모여들 듯
낙동강에는 바닷물고기부터
뭍에 사는 물고기까지
그 덕을 기대어 산다
물결이 밀고 당기며 베틀에 베 짜듯
세상 이야기를 써 내려가고
큰마음을 먹고 나루터에서 낙동강 처녀 뱃사공이
건너 주는 배를 타고 강을 건너 사람들을 만났는데
그 사공 배는 세월에 떠내려가고
이제는 다리가 길이 되어 이웃을 쉽게 연결해 준다
석양에 지는 저녁노을이 하늘을 이쁘게 조각하면

강물은 거울이 되어 그 모습 그대로 그려 낼 때
석양빛 조각에 사랑가루 부서져 내리면
강 넘어 처녀 총각 달빛에 별빛 같은
아름다운 사랑을 귓속말로 속삭이겠지

2024. 5. 9.

그 세월이 미워라

오월 어느 날 늦은 봄비는
뜬금없이 내리고
밤새 비를 맞은 이팝나무 꽃잎이
이별에 눈물 쌓이듯
수북이 쌓이고
정이 든 고향 산천 꿈에서 만나도 반갑고
잊지 못하는 가족들에 사랑
모두 다 두고 홀로 떠나가는
천상 여행길
떠나가는 아쉬운 이별에
눈물이 밤비가 되어 내렸나
이제 며칠이 지났다고?
지금 그 모습 볼 수 없어도
내 마음속에
내 가슴속에는
버젓이 살아 있는데
내 귓가에는 다정한 그 목소리 들리는데
이제 며칠 되었다고?
그 무덤에 심은 잔디가 자리를 잡고
생기가 파릇파릇한 것을 보니
억장이 눈물로 무너진다

예정된 이별이라 해도
이런 생이별은 너무 가혹하다
푸른 하늘만큼
내 사랑이 멍이 들도록 울었다
먹물도 지워지지 않는
그대 비석을 부여잡고 울었다
깊은 바다 색깔만큼 마음에 멍 자국이 남는다
얼마나 많은 외로움과 슬픈 눈물로
보고픔에 일기를 써야
한 맺힌 이 마음 풀어질까?
인생이 무상하다
님 데리고 간 그 세월이 미워라

2024. 5. 9.

그것을 찾아

세월은 아침 해를 몰고
동녘 하늘부터 쟁기질해 오고
뒤따라오는 시간은 무엇을 심는지
세월이 갈아 놓은
하늘 밭고랑 따라 걸어온다
어제 못다 핀 장미 꽃송이는
오늘도 젖 먹던 힘까지 다 동원해
혼신의 힘으로
환골탈태를 꿈꾸며
허물을 벗는 중이고
청춘의 단물만 다 빨리고
세월에 버림받은 빛바랜 찔레꽃은
밤새도록 얼마나 울었는지
눈물로 얼룩져 있고
늙어가는 찔레꽃을 바라보다
문득 내 모습 거울에 비추어 보니
세월 도둑은
찔레꽃 순정만 훔쳐 간 게 아니라
내 청춘도 싸그리 도려 갔네
이제 와 후회한들 울어본들 소용없고
호락호락할지 모르겠지만

남은 세월
야무지게 부려 먹어야겠다
오늘도 욕심과 동업해
세상에 없던 일해 보려 했는데
만사가 헛일인 세상 진실을 알고 나니
욕심에 허수아비 노릇 하기 싫다
벌처럼 세상에 단물 다 빨려고
내 힘에 만만한 것 있나
그것을 찾아
여행길 나서 봐야겠네

2024. 5. 10.

금지된 사랑

금지된 사랑이라고 말하지만
넘을 수 없는 벽이라고 말하지만
너와 나 사이는 말하는 것만큼
장벽은 없다
사랑이 태양에 용광로가 되어
세상만사 다 녹여
하나로 만든다
그것은 사랑
지금 그 사랑을 하고 싶다
눈빛만 봐도 마음을 읽을 수 있고
손만 잡고 있어도
너의 심장 소리 들을 수 있다
당신 눈빛을 바라보다
경주라도 하듯 동시에
둘이 입맞춤한다
여태껏 머릿속 생각은 싹 다 지워지고
사랑에 꿀단지 꿀이 철철 흘러넘친다
지금,
이 순간이 세상 끝이라 해도 좋다
모든 것이 다 사라져도
너랑 같이만 있으면 만사가 행복할 것 같다

아무리 철조망이 쳐진 금지된 사랑이라 해도
오늘 이 마음은 아무도
못 말릴 것 같다
사랑, 사랑이 그리워
그 사랑에 풍덩 빠져
죽었는지 살아 있는지 꿈같아
나도 모르겠네

2024. 5. 10.

후회

왜 그랬는지 모른다
내가 마땅히 해야 할 일을 방치하고 있다가
해가 저물어 갈 때쯤
안 하면 안 되는 일 이야기다
해결해야 하는데
해결할 수 없는 곤란한 사항이 더 악화되어 가니
식은땀이 나며 깜짝 놀라 잠에서 깨어나니
이런 다행히 없다
현실이 꿈보다 더 행복한 순간이 있다는
사실을 알았다
꿈을 통한 간접 체험
꿈속에서 얼마나 진짜인지
그 느낌을 통해 삶에서 소홀히 했던 부분을
교훈으로 깨우쳐 주는 것 같다
꿈속이라 다행이다
얼마나 어처구니없던 짓을 했던지
꿈을 깨어나 되새겨 보니 기가 찬다
간밤 비에 깃털이 빗물에 젖었다고
구시렁거리는 참새들 투정이 귀엽게 들린다
묵직한 빗방울 낙숫물 소리는
아기 염소 풀 뜯으러 가는 발걸음 모양 바쁘다

이렇게 눅눅하게 비가 내려도 좋다
꿈속에서 난처해 허둥지둥 서둘고
해야 할 일은 자꾸 꼬여 가고
마음은 갈 길이 바빠 천 갈래 만 갈래 내달리고
한순간에 느낀 느낌이지만 그 느낌 거절하고 싶다
비가 오든 아침밥이 늦든
정상적인 이 아침이 참 행복하다

2024. 5. 12.

연 등

벚꽃도 지고
이팝나무 꽃잎도 떨어진
산사의 오솔길
솔바람 향기가 산속임을 알린다
점심 먹고 난 오후의 산그늘이 짙어져
어둠이 되면 전깃줄 따라 쭉 늘어선
연등이 불꽃을 피운다
연등마다 새겨진 이름 다르듯
각자가 비는 소원도 다르겠지만
그 뜻 이루고픈 마음은
하나일 것이다
작년에 연등 달아 기도하고 기도했던
그 소원 이루어졌는지 궁금하고
그 소원 이루고 올해는 무슨 소원으로
연등을 달아 놓을지도 궁금하네
싫든 좋든 간에 아무 말도 듣지 않고
외통수 세월은 오늘도 거침없이 간다
세월에 꼬랑지 놓칠까 봐
삶에 말석에서 허겁지겁 따라가는 따라지 인생
쥐구멍에도 볕 들 날 있다 하는데
오늘도 삶이 벅찬지 숨이 가쁘다

내일모레가 사월 초팔일이다
기도발이 좋은 사찰에 가서
연등 하나 달아 놓고
내 소원 성취해 팔자나 한번 고쳐볼까?
마음이 답답하고 육신이 고달프니
별생각이 다 드네

2024. 5. 13.

키위 나무

암수가 다른 나무가 서로 마주 보고 서 있다
비가 올 때나 눈이 올 때나
운명 공동체처럼
가을이 짙어져 낙엽 질 때 같이 지고
추운 겨울날 혹독한 시련이 다가와도
서로 응원하며 버텨내고
따뜻한 봄날 물오를 때 같이 생기가 돌고
꽃망울 달 때에도 같이 매단다
무엇이 문제인지 예고도 없이 어느 날부터
축복이 터지듯 암나무 꽃이 발끝에서
머리끝까지 하얀 꽃잎 편지를 쓴다
그 향기가 온 동네 다 퍼져
동네 사람들 다 알아도 옆에 선 수꽃은
꿈을 꾸며 자고 있는지
아직도 꽃봉오리만
통통하게 살 찌우고 있다
기다렸다 지친 누렇게 변한 흰 꽃은
한 맺힌 꽃잎만 힘없이 떨구고 억울한 듯
내 눈치만 본다
매년 그랬다 암꽃은 너무 일찍 피어나 문제이고
수꽃은 너무 늦게 피어나는 것이 문제다

궁합도 이렇게 안 맞을 수 있나
한 박자쯤 안 맞을 수 있어도
이것은 영 다른 꽃처럼 따로 핀다
기다리던 올해의 꿈도 뻐꾸기 노랫소리 따라
산 넘어가고 오매불망 기다리던 키위 하나
구경 못 한 허망한 한 해를 보낼 것
생각하니 기가 찬다

2024. 5. 13.

오월에 아침

이슬 맺힌 들꽃 잎은
아침햇살에 긴 그림자로
농로길 따라 줄 서있고
창포 널어 선 숲 짙은 시냇물에
피라미, 미꾸라지 사냥해
아침 요기해 보겠다고
요리조리 움직이는 물오리
몸놀림임이 노련하다
뻐꾸기 집에 불이 났는지
날 보자고 우는지
뒷산 짐승들이
두 귀를 쫑긋 세울 만큼
요란스럽게 울어대고
군기 반장 같은 까마귀는
시끄럽다고 고함을 지른다
닭장 밑 생쥐네 가족이 늘었는지
집안 확장 공사로 흙을 밀어내
수북이 쌓아놓고 자랑질이다
밤사이 무슨 좋은 일이라도 있었는지
마당개는 오늘 유별 시리 반갑게 꼬리 치며
아양을 부린다

창고 옆 담 밑 풀숲에서
새빨간 개양귀비 꽃송이 하나가
어둠에 촛불을
켜 놓은 것처럼 눈길을 확 끈다
진한 빨간 꽃은
언제나 사람 심장을 뛰게 하는구나
오월에 아침은 이래저래 생동감으로 새롭다
매일매일 다르게 변하는 삶들에 경쟁이
의욕에 기운을 북돋아
나도 세상흐름에 한몫 거들려
괭이 울러메고 들길을 나서 봐야겠네

2024. 5. 14.

사월 초팔일

하늘은 청명하고 땅도 푸르고
산마저 의기투합해 푸른 생기가 가득한
음력 사월 초팔일 오늘 하루쯤은
삶에 의미를 되새겨 봄도 좋을 듯싶네
산속 딱따구리도 담 넘어 배운 솜씨로
나무를 쪼아 목탁 치는 소리는
잠자는 노루도 귀 기울일 만큼
화음 깊은 산울림 소리를 내고
어깨 너머 배웠는지 절간에 삼 년을 살았는지
참새는 염불이라도 외우는 듯 중얼중얼거린다
바람 한 점 없는 화창한 날씨는
세상 모든 일 이루어 줄 것만 같고
산속 뻐꾸기는 무얼 찾는지
이리저리 소리 내며 바쁘게 날갯짓하고
새순 올라온 솔순은
무슨 말 무슨 글을 쓰고 싶은지
붓끝같이 가지런히 세웠구나
오고 가는 세월 따라
어제 핀 꽃은 땅을 장식하고
오늘 핀 꽃은 공간을 장식하며
삶이 흘러가는 순서를 말하네

오늘 하루쯤은 욕심에 그늘에서 벗어나

무소유에 행복을 느끼는

시간여행을 떠나보자

2024. 5. 15.

기다림

풀에 위세는 천하의 주인인 듯
땅을 다 덮고 이제는 하늘을 향해 내달리고
오월에 나무그늘이 두텁다
각양각색의 장미꽃은 세상에서
제일 이쁜 꽃송이를 향기로 자랑하고
검붉은 흑장미는 님을 향한 일편단심
내 마음을 내어 놓은 듯 강렬하고
병아리 새끼는 어미 놓칠까 봐
바쁜 걸음을 옮긴다
산속 뻐꾸기 소리 꿩 소리
산사에서 흘러나오는 염불 소리가
세상에 평화를 노래하고
지칭개의 하얀 씨앗은 산들바람을 타고
바람이 실어주는 곳까지 훨훨 날갯짓 해간다
가로수 늘어선 도로 따라
크고 작은 차들이 수없이 오고 간다
오늘은 석가탄신일 행여나 오다가도
내가 기다리는 예쁜 님이
날 찾아 줄 것 같은 예감에
소년같이 마음이 설레네

2024. 5. 15.

바람 부는 날

바람이 분다
들판에서 시작한 바람이
산을 거슬러 올라가니
나뭇잎이 뒤집혀 팔락거리는 걸 보니
물고기 떼가 물놀이하는 듯싶고
파도가 물결을 타고 밀고 올라가는 듯하고
화려한 꿈 봄꽃도 지고
녹음 속에 묻혀버린
청춘에 패기도 사그라들고
기운찬 태양에 발걸음은 거칠다
빠른 세월을 따라가기에
걸음걸이도 부족하고
기운도 부대껴 한숨 돌릴 여유가 필요해
휴식 겸 커피 향 맡으러
커피 집에 들어서니
귀에 익은 옛 노래가 분위기 돋우고
꽃병에 담긴 장미꽃송이는
선물인 양 반갑게 웃어준다

2024. 5. 17.

의미 있는 하루

촛불에 향연같이
커피잔에서 김은 모락모락 피어오르고
나는 꽃을 보는 듯 님을 보는 듯
넋을 놓고 지켜본다
우리네 삶도 커피 향에
가느다란 김처럼 굽이쳐 피어오른다
그러다 어느 날 뚝 끊어지겠지
그 순간이 오면 얼마나 황당하고
안절부절못할까?
평생을 애지중지했던 물건
지푸라기보다 더 소용없고
정작 필요한 것은
하나도 찾을 수 없을 때
그 기분은 사막에 나 홀로
버려진 기분일 것이다
인생 잘 못 살고 나면
결과물은 아무것도 없다
금광에서 흙을 파서 재련하면
흙 버리고 돌 버리고
최종적으로 금이 남는다
인생에 삶! 더 살려고 기를 써 봐도

팔십에서 구십이면 끝장이고
살고 나면 유골함에 재 한 주먹 남는다
재 한 주먹 얻기 위해
사는 삶은 아니잖아
그 뒤에 지금 내가 모르는 진짜가 있다
그 진짜를 찾는 하루가 되었으면 좋겠네

2024. 5. 17.

꽃은 피고 지고

풀숲에서 군계일학같이 빨간 개양귀비 꽃은
그리움을 향한 일편단심을
차곡차곡 쌓아 놓은 듯
속 타는 마음을 붉게 애태우고 있다
오늘도 오월에 감미로운 햇살은
장미꽃 봉오리를 부드럽게 쓰다듬고
차 한 잔을 사이에 두고
참새들의 아침 모임이 재미가 있는지
큰 소리로 깔깔대는 이야기에
내 귀마저 솔깃하고
궁금증이 하늘까지 닿은 장끼가
무슨 이야기인데 하고
큰 소리로 물어온다
갑작스러운 장끼의 고함소리에
판이 깨지고 참새들은 하나, 둘
제 일거리 찾아 날아간다
상여꽃 같이 크고 이쁜 다알리아꽃은
오늘도 피고 진다
피는 꽃은 앞줄에 서고
지는 꽃은 뒷줄에 선다
시간이 밀어내는 세상에 질서가 아쉽다

세상 모두가 청춘으로 아름다워
활력으로 힘이 솟아나도
세상 뒤편에 시들고 지는 꽃을 바라보니
먼 훗날 내 모습 같아
힘이 빠지고 측은한 마음
어쩔 수가 없구나

2024. 5. 18.

제비집

아카시아 꽃향기도 찔레꽃 향기도 단봇짐을 싸서
시간 따라 여행을 떠나고
산속에 뻐꾸기가 놀아 보세 놀아 보세
좋은 시절에 놀아 보세하고
흥을 돋우며 한량을 유혹하고
오월 어느 날 우리 집에 제비 두 마리 날아들어
요리조리 집 구경하고 가더니
옆집에도 날아가 요모조모 깐깐하게 구경을 한다
옆집 마당에 줄 장미는 하늘에 별을 달 듯
이쁜 꽃송이를 매달며 사다리 오르듯
한 층 한 층 꽃 탑을 쌓아가고
오늘 아침에 경사 났다고
옆집 할매가 불러서 야단이다
제비가 집을 짓기 시작했다고 자랑이다
하도 오래간만에 구경하는 제비집이라서
창문을 열고 보니 암수 한 쌍이 진흙을 물어다
한 층 한 층 쌓아가는 게 참 보기 좋다
어릴 적 처마 밑에 제비집 짓다가
엄마에게 딱 걸려 불법건축물이라고
뜯으면 둘이서 빨랫줄에 앉아
하루 아침 동안 지지비비거리며 대들며 항의하다

285

또다시 부서진 집 짓기도 했는데
변해가는 그 세월에 제비는 다 어디 가고
요즘 이렇게 반가운 손님이 되어
이웃에 축하 인사를 받는다
며칠 후면 제비새끼가 자기 먼저 먹이 달라고
아우성치는 소리를 들어 볼 걸 생각하니
삶에 활력이 느껴진다

2024. 5. 20.

가슴앓이

잘 포장된 강둑길을 따라 달린다
이름도 낯선 노란꽃은 군락을 이루어 피어나
내 마음속에 당신 생각이 꽉 차있어
다른 생각 못 들어오듯
다른 무리들은 근접도 못 한다
만나고 헤어지고 오는 길은 사랑이 날개를 달고
흰 구름 같이 하늘에 걸리고
비를 기다리는 땅 같이
너의 대답을 애타게 기다린다
지루하다 기다림이
반쯤 약속한 시간을 정한 사이라
그 속마음 짐작만 할 뿐 다른 방법이 없다
마음은 심한 갈등에 파도를 탄다
멀미가 일어나 속이 뒤집힌다
이 일을 왜 하나 하고 후회도 해보지만
어리석은 후회는 미련을 없애는 특효약
가던 길 항해를 계속할까? 포기를 할까?
마음은 망설임에 오도 가도 못 한다
얼마나 많은 시련에 아픔이 있어야
이 어리석은 때 벗겨질까?
이러고 있는 내가 나 자신에게 부끄럽고

자존심이 상한다
헛된 욕심을 채워보려는 바보
행여나 하고 설렘도 갖지 말자
현실은 화살촉 끝만큼 작고
빨리 지나가니까?
기다림은 늘 외로움으로 가슴앓이를 한다

2024. 5. 20.